인문학아, 우째 사꼬?

인문학아,
우째 사꼬?

경구중학교 미래별과 최혜령 지음
배현주 엮음

금성동, 김민욱, 박경민, 박성현
박정섭, 이동익, 이인석, 최민수
최영규, 최준혁, 최혜령

■ 차 례

2부 세상을 보는 다양한 관점

■ 책을 펴내며

학교는 멈추어 있는 듯 보여도 끊임없이 변하는 유기체와 같이, 늘 떠나는 학생과 새로이 들어오는 학생이 공존하는 공간이다. 구성원이 변하고 알 듯 모를 듯 학교 풍경이 변해가도 글쓰기에 대해 두려움을 가지고 있는 아이들의 마음은 좀처럼 변하지 않는 듯하다. 그리고 아이들의 소설에 대한 열망(?) 또한 한결같은 것 같다.

올해 미래별 아이들도 '이번엔 우리가 원하는 '소설' 을 쓸 수 있을 것' 이라는 믿음을 가지고 참여한 아이들이 많았다. 약속을 한 것도 아닐 텐데 아이들은 늘 소설을 원한다. 하지만 아이들의 바람과는 달리 아이들과 함께하는 '소설책 쓰기' 작업은 늘 어려웠다. 빡빡한 학사 일정 속에서 한 달에 두세 시간 남짓 주어지는 시간만을 이용해 소설을 완성하기란, 그것도 책을 만들기란 어려운 일. 그 작업을 위해서는 자신의 일과 중 상당한 시간을 투자해야 한다는 것과 전체 스토리를 구상하고, 주제가 드러나게 인물, 사건, 배경을 짜임새 있게 만들어내는 과정 또한 쉽지 않다는 사실을 아이들은 생각하지 않는다. 결국 아이들은 일 년 내내 무언가를 만들어 내야 한다는 압박감에 시달리고 힘들어하며 겨우겨우 마감에 임박하여 엉성하고 부족한 결과물을 들고 미안해했다.

물론 부족함이 있더라도 자신이 원하는 주제의 책을 써 냈다는 사실 자체로 충분히 의미 있는 과정이다. 하지만 과정 중 대부분의 시간을 창작의 고통으로 힘들어하는 아이들을 보며 좀 덜 힘들게, 좀 더 재미있게 글을 완성해 낼 수 있다면 글쓰기에 대한 보람과 기쁨도 더 커질 텐데라는 아쉬움을 느끼곤 했다.

이번 활동은 2012년부터 우리 미래별과 함께해 주신 최혜령 선생님과 함께 '인문학' 책을 읽고 그 내용에 대해 토론한 후, 자신의 과거와 현재를 돌아보고 '미래' 에 대해 생각하는 과정을 글로 남기는 것이었다. 학사 일정 중 우리에게 주어진 시간만으로 글을 완성했으면 하는 바람에서 시작한 주제였으나 나의 바람과는 달리 아이들에게 '인문학' 은 어렵게 느껴졌나 보다. 처음 시작하고 상당 기간까지 힘들어 하는 아이들이 있었다. 그리고 자신의 과거를 드러내는 것 자체에 대해 거부감을 가진 아이들도 있어 또 다른 어려움을 겪기도 했다. 하지만 아이들은 글을 써내는 동안 조금씩 마음을 열고 생각이 성장하는 모습을 보여 주었고 우리는 한 권의 책을 완성할 수 있었다. 여러 어려움 속에서도 포기하지 않고 자신을 들여다보고 글을 써준 아이들에게 늘 고마운 마음이다. "아이들~, 수고 많았어."라고 말해 주고 또 말해 주고 싶다.

아이들은 성장한다. 성장하는 아이들에게 이번 활동이 오늘보다 더 나은 내일을 만들 수 있는 밑거름이 되었기를 기대해 본다.

일 년이라는 시간동안 아이들이 성장할 수 있도록 함께 애써주신 최혜령 선생님과 글쓰기 자원 봉사자 박은미, 박남숙, 장정옥 선생님께도 진심으로 감사드린다.

배 현 주

PROLOGUE 프롤로그

벌써 가을이다. 자그마한 교실에 둥그렇게 모여 어떤 방식으로 책을 쓸지 고민하던 것이 엊그제 같은데 시간은 참 부지런히 자신의 책무를 다한다.

모든 시작에는 혼돈이 존재한다. 각자가 하고 싶은 것이 다르기 때문이다. 모두의 기호를 맞춰주고 싶지만 책쓰기는 한 권의 결과물로 만들어지는 작업이라 통일성을 갖추기 위한 협의가 필수이다.

하지만 해마다 책쓰기 동아리 학생들의 염원은 소설쓰기다. 특히 남학생의 경우는 추리소설이 단연 1순위이다. 실상 글쓰기에 들어가면 게임이나 유사 소설에서 본 학생들의 얄팍한 지식세계가 그대로 다 드러난다. 거기서 건져 올린 결과물은 이야기의 전개가 뻔히 보이는 고전소설이 되기 일쑤다. 그러나 창작에 도움이 되는 소설 읽기나 추리의 개연성을 높이기 위한 과학적 조사는 귀찮아한다.

이러다 보니 어떤 책을 쓸 것인지를 두고 벌이는 선생님과 학생들의 실랑이는 꽃피는 봄조차 멀어지게 한다. 올해도 여전히 타협은 쉽지 않았다. 지금의 책쓰기 형식도 처음부터 찬성한 학생들도 있고 마지 못해 설득당한 학생들도 있지만 시작하고 나서는 모두 한곳을 향해 열심히 내달렸다.

이번 책의 큰 줄기는 '나는 어떻게 살 것인가' 였다. 이 질문의 답을 찾아가는 과정으로 독서와 토론 그리고 책쓰기를 설계한 것이다. 인문학의 도움을 받아 과거와 현재를 돌아보고 자신을 더 깊이 이해하고 미래를 설계하는 것이 바로 이번 책쓰기의 목표이다.

주 교재는 알프레드 아들러의 심리학을 스토리텔링 방식으로 풀어낸 『미움받을 용기』, 일제강점기를 반성과 성찰로 살다간 윤동주의 유고시집인 『하늘과 바람과 별과 시』, 인간 삶의 자세를 비유의 옷을 입혀 드러낸 『장자』, 방대한 역사적 인물들에 대한 기록인 『사기열전』이다. 부차적으로 커시 기질검사와 MBTI 성격유형검사와 롤모델 찾기, 그리고 자신의 30년 후 미래를 상상하였다.

동아리 시간마다 모여 그날의 주제를 가지고 토의하고 다른 사람들의 의견을 들어보면서 자신의 생각을 정리하였다. 그 과정에서 하나의 답을 찾아가는 것이 아니라 여러 가지 생각들을 듣고 자신은 어떻게 살 것인지 길을 찾아가는 것이다.

미래에 대한 학생들의 질문은 끝이 없으나 그 답은 아직 과정일 뿐이다. 자신의 물음에 대해 각자의 느낌표를 찾을 때까지 그 과정은 앞으로도 계속될 것이다. 답은 사람에 따라 여러 가지로 열려 있다는 것을 가르쳐 주고, 질문이 필요한 순간마다 스스로에게 질문할 수 있는 능력을 가질 수 있게 하는 것. 이것이 바로 책쓰기가 준 선물이다.

다행스럽게도 에필로그를 보면 그러한 목적에 가까이 다가갔다는 학생들의 체험담이 많다. 모두가 만족할 수는 없겠지만 많은 학생들에게 조금이나마 도움을 줄 수 있지 않았나 하고 위로해 본다.

겨울이 오면 그동안의 시간들이 아름다운 추억이 되어 책으로 찾아올 것이다. 눈에 띄지 않고 평범하게 살고 싶다는 학생들의 기억 속에도 여유로운 한때의 책장 속에 이 책이 호젓하게 들어앉아 있었으면 한다. 추억이 될 우리의 시간들이 헛되지 않으리란 것을 이야기하면서.

책쓰기 동아리가 잘 이어질 수 있도록 지원해주신 교장 선생님께 특별히 감사드리며 마냥 초등학생 같기만 한 학생들 하나하나에게 애정과 관심을 쏟아 아이들이 한마음으로 모일 수 있도록 도와주신 배현주 선생님께도 감사의 인사를 드립니다.

그리고 봄부터 가을까지 함께 참여하면서 다양한 토론과 교정이 이루어지도록 도움주신 박은미, 박남숙, 장정옥 동행가이드 선생님들께도 감사의 인사를 드립니다. 먼저 살아온 선배로서 함께 나누는 모습은 학생들이 그릴 미래의 자그마한 샘플이 되었으면 좋겠습니다.

미래별 여러분, 정말 수고 많았습니다.

세계에 관한 토론을 하며 서로의 의견을 나누던 수많은 대화 속에서 이것 하나만은 기억해주세요. 행복한 나로서 살고자 한다면 '미움 받을 용기' 가 필요하다는 것을. 모든 선택은 바로 나의 몫임을 잊지 마십시오.

성숙하는 겨울의 초입에서
문학박사 최혜령

경구중학교 책쓰기 동아리

미래별 일곱 번째 이야기

1부

최혜령의 인문학 톡톡!

미움 받을 용기

하늘과 바람과 별과 詩

장자

사기열전

미움 받을 용기 2

미움 받을 용기

* 원제 : 嫌われる勇氣 自己啓發の源流「アドラ-」の教え

토의의 중심에 있는 『미움 받을 용기』[1]는 일본의 철학자 기시미 이치로와 베스트셀러 작가인 고가 후미타케의 공저이다. 저작의 모델이 된 심리학자는 프로이트, 융과 함께 '심리학의 3대 거장' 으로 일컬어지고 있는 알프레드 아들러다.

"인간은 변할 수 있고, 누구나 행복해질 수 있다. 단, 그러기 위해서는 '미움 받을 용기' 가 필요하다" 고 저자는 말한다. 인간 문제를 해결하는 데 프로이트나 융의 심리학만으로는 부족했던 부분에 대해 아들러는 이들의 생각에 덧붙여 해답을 제시한다. "흔히 자신의 불우한 현재를 과거의 트라우마 때문이라고 단정 짓는 사람들, 그래

1) 기시미 이치로, 고가 후미타케, 『미움 받을 용기』, 인플루엔셜, 2014.

서 그 속에서 벗어나지 못하는 사람들에게 그는 변명의 여지를 남기지 않는다. 모든 선택의 책임은 나에게 있으므로 책임을 내려놓는 것도, 타인이나 외부로 돌리는 것도 불가능하다. 그러므로 포기도 자신의 몫인 것이다." 라고.

학생들 토론의 기본 교재로 이 책을 선정한 이유는 우리가 찾고자 하는 답을 찾아가는 과정이 그곳에 있기 때문이다. '행복한 인생이란 무엇인가?', '나는 어떻게 살아야 하는 것인가?' 라는 주제가 바로 그것이다.

책 속에선 아들러 심리학을 대변하는 철학자와 세상에 부정적이고 열등감 많은 청년이 다섯 번의 만남을 통해 그 질문의 답을 찾아간다. 물론 이 책은 기시미 이치로가 분석한 아들러의 심리학이다. 어려운 심리학 이론을 대화체의 스토리텔링 방식으로 풀어내며, 철학자의 주장에 이어지는 청년의 통념에 가까운 반박은 독자들의 공감대를 불러일으키기에 충분하다. 대화의 궁극적인 목표는 어떻게 살아가야 하나의 답을 찾는 것, 그래서 행복한 삶을 사는 것이다.

* 원작자와 저자 소개

원작자 : 알프레드 아들러

알프레드 아들러[2]는 1870년 2월 오스트리아 빈에서 곡물상을 하

---

2) A.아들러 · H.오글러, 『A.아들러 심리학 해설』, 선영사, 1987, 원작자 소개는 이 책의 9~19쪽 참고.

던 레오폴더 아들러의 6남매 중 둘째로 태어났다.

그는 어릴 적에 구루병을 앓았고 때때로 후두경련을 일으켜 큰소리로 비명을 지를 때는 질식의 위험이 따를 정도였다. 바로 아래 동생이 그의 옆 침대에서 죽어간 사건으로 인해 삶과 죽음의 문제가 커다란 마음의 과제로 움트기 시작하였다. 그 다음 해에 자신도 중증 폐렴을 앓고 가망이 없다는 의사의 선고를 엿듣고 자신은 '의학계에서도 못 고친다는 병을 고칠 수 있는 사람이 되겠다' 고 결심하였다.

다른 사람들과 사귀기를 좋아하던 그는 실수로 친구를 다치게 한 이후로 집안에서 책을 읽거나 물건을 만들며 시간을 보냈다. 중학교 때는 수학 성적이 저조하여 선생님이 학교를 그만두게 하고 구두 가게나 보내 기술을 배우게 하는 것이 어떻겠냐고 아버지에게 제안(또는 조언)하였다. 그때 아버지가 구두 수선공으로 보냈다면 '수학에 자질이 없어도 성공할 수 있다' 는 것을 평생 믿지 못했을 것이라고 회상한다.

1895년, 의사 시험을 치르고 오스트리아 빈 병원에서 일을 했으며 1898년에는 안과 전문의로 개업하였다. 그는 병을 결코 별개의 것으로 생각하지 않고 인격 전체로 이해하고자 하였다. 죽음 앞에 무력한 의사로서의 경험은 신경학으로 전향하게 만들었다. 1902년 프로이트의 권유로 〈수요심리학회〉 토론 모임에 참여하기도 하였으나, 서로 견해가 달랐다. 종교에 적대적인 프로이트와 달리 호의적이었던 아들러는 성욕보다는 사랑을 중시했다.

아들러는 최초로 정신활동에 있어서 목적성을 인식한 사람으로,

저서 〈기관성 열등에 관한 연구〉에서 그는 신체적인 여러 특징의 유전적 중요성을 특히 강조했는데, 그와 동시에 유전되는 것은 능력뿐이며, 특이성 그 자체는 아니라고 주장한다. 즉 인간의 발달은 사실에 영향을 받기보다 이 사실에 갖게 되는 의견에 더 영향을 받으며, '한 개인의 우주관을 바탕으로 하는 생활관이 그 사람의 생각·감정·의지·행동을 좌우한다'는 것이 아들리의 견해이다.

그는 있지도 않은 공동묘지에 대한 기억을 통해 '죽음을 극복하고 싶다는 간절한 소망에서 나온 하나의 시적인 꿈'이었다고 결론 내린다. 즉 사람은 시키는 대로만 하지 않고, 다만 그것들을 선택할 뿐이라고 한다. 그러므로 항상 기억을 창조해내는 것은 삶의 스타일이라는 사실을 강조했다.

저자 : 기시미 이치로[3)]

저자 기시미 이치로는 철학자이다. 1956년 교토에서 태어나서 현재까지 교토에 살고 있다. 고등학생 시절부터 철학에 뜻을 두었고, 대학교 진학 후에는 은사의 자택에 문턱이 닳도록 드나들며 논쟁을 벌였다. 교토대학교 대학원 문학연구과 박사과정 만기퇴학(滿期退學)을 했다. 전공은 철학, 그중에서도 서양고대철학, 특히 플라톤 철학(플라톤주의)인데 그와 병행해 1989년부터 '아들러 심리학'을 연구했다. 아들러 심리학과 고대철학에 관해 왕성하게 집필 및 강연 활동을 펼쳤고, 정신과의원 등에서 수많은 '청년'을 상대로 카운슬

3) 저자 소개는 『미움 받을 용기』 책에 소개된 내용을 인용했습니다.

링을 했다. 일본아들러심리학회가 인정한 카운슬러이자 고문이다. 역서로는 알프레드 아들러의 『개인심리학강의(個人心理學講義)』, 『인간은 왜 신경증에 걸리는 걸까』가 있으며, 저서로는 『아들러 심리학 입문』 외 다수가 있다. 이 책에서는 원안을 담당했다.

저자 : 고가 후미타케

저자 고가 후미타케는 1973년생 프리랜서 작가이다. 잡지사에서 활동했으며 현재는 서적 라이팅(이야기를 듣고 집필하는 형식)을 전문으로 하는데, 비즈니스 서적을 비롯해 논픽션 등 수많은 베스트셀러를 탄생시켰다. 리듬감과 현장감 넘치는 인터뷰 원고로 정평이 나 있으며, 인터뷰집 『열여섯 살의 교과서』 시리즈는 총 70만 부가 넘게 팔렸다. 20대의 끄트머리에 '아들러 심리학'을 접하고 상식을 뒤엎는 사상에 큰 충격을 받았다. 그 후 몇 년에 걸쳐 기시미 이치로 씨를 찾아가 아들러 심리학의 본질에 대해 문답식으로 배웠고, 그리스철학의 고전, 대화 형식을 취한 『대화편(對話篇)』을 모티브로 삼아 이 책을 집필했다. 단독 저서로는 『스무 살의 나에게 추천하고 싶은 문장 강의』가 있다.

함께하는 인문학 토의 하나

세계를
어떻게 볼 것인가

생각 열기

미움 받을 용기에는 청년과 철학자가 등장합니다. 세계는 아주 단순하며 인간은 누구라도 행복해질 수 있다고 주장하는 철학자와 그의 생각에 반기를 든 청년입니다. 그들의 대화를 통해 우리는 각자의 고민을 만나고 해결할 수 있습니다.

먼저 청년은 '인간은 변할 수 있고 세계는 단순하고 누구나 행복해질 수 있다' 는 철학자의 말을 바로잡으려고 합니다. 그리고 그 이유로 '종교는 힘을 잃고, 의지할 존재가 없는 상태에서 누구나 불안에 떨고 시기와 질투심만 가득한 게 지금의 현실이며 결코 단순한 세계가 아니기 때문' 이라고 주장합니다.

그러나 철학자는 인간은 누구나 스스로 의미를 부여한 주관적인 세계에 살고 있으며, '어떻게 보고 있는가' 에 따라 세계는 다르게 해석된다고 합니다.

이 논제에 대해 우리 이야기 나눠 볼까요?

생각 나누기

선생님 : 우리가 지금 다루고 있는 것은 〈미움 받을 용기〉 책의 앞부분이에요. 여러분과 같이 토론할 만한 내용을 하나 가져왔습니다.

나눠준 파일에 붙은 '세계를 어떻게 볼 것인가' 라는 제목은 제가 임의로 삽입한 겁니다. 읽어보니까 어떤 내용이에요? 우선 자기가 이해한 것에 대해 얘기해 볼까요. 어떤 이야기가 나와 있어요?

학생 1 : 철학자는 자기가 세계를 보는 만큼 자기 주관에 따라 그 세계가 그 주관에 맞춰진다고 보는 것 같은데요.

선생님 : 주관에 따라 세계는 맞춰진다고 철학자는 봤다. 그런데요?

학생 2 : 청년은 그게 아니라 애초에 세계는…. 청년은 잘 모르겠어요.

선생님 : 청년은 모르겠어요. 청년 도와주실 분? 청년은 뭐라고 했어요? 이해한 학생 없어요? 틀려도 괜찮아요. 얘기해 보세요. 청년은 어떻게 이해하고 있는 것 같아요?

학생 3 : 모르겠어요.

학생 6 : 어려워요.

선생님 : 어려워요? 그러면 같이 한번 봅시다. 우리가 좀 전에 철학자는 세계를 내가 보는 주관에 따라서 해석하고 있다고 했는데 어떤 부분에서 그렇게 느낀 거예요?

학생 1 : 마지막에 우물물에 관해서 얘기하고 우물물의 예를 비유할 때에요.

선생님 : 우물물의 예를 보면 그렇다. 철학자는 우물물이 어떻다고 했어요?

학생 3 : 우물물은 일 년 내내 18도라고 했어요.

선생님 : 근데 뭐가 문제예요?

학생 1 : 그 주변의 환경이요.

선생님 : 주변의 환경에 따라서 어떻게 된다고 했나요?

학생 2 : 느끼는 정도가 달라진대요.

학생 4 : 주변 환경에 따라 더운 날에는 시원하게, 추운 날에는 따뜻하게 느낀대요.

선생님 : 사람이 느끼는 정도가 주변의 환경에 따라서 더운 날에는 시원하게 추운 날에는 따뜻하게 느껴진다고 얘기하고 있다. 그러니까 청년은 뭐래요?

학생 4 : 환경이 인간의 행복 정도를 가늠한다. 만든다.

선생님 : 환경에 의해서 인간의 행복이 만들어진다고 얘기한다는 거죠? 그런 이야기가 어떤 근거로, 뭘 봤을 때? 어떤 부분에서 그렇게 생각한 거죠?

학생 8 : 예시요.

선생님 : 여기 예시를 봤을 때 그렇게 생각한 것 같아요?

학생 1 : 네.

선생님 : 그러면 첫 페이지 좀 더 예시 앞으로 가 볼게요. 이 예시에서 좀 전에 철학자는 우물물은 그대로래요, 바뀐대요?

학생 5 : 그대로래요.

선생님 : 그대로인데 뭐가 바뀐대요?

학생 7 : 환경이 바뀌면 바뀐대요.

선생님 : 환경에 따라서 바뀌는 거다. 그렇다면 청년은? 우물물 자체가 바뀌는 거라고 생각하는 건가요? 철학자와 다르게 생각한다면?

학생 2 : 착각하고 있어요.

선생님 : 아, 착각하고 있는 거다. 그런데 앞의 페이지에 보니까 세계 얘기가 나오고 있어요. 자, 세 번째에 보면 세계는 단순하고 인생 역시 단순하다는 얘기가 나와 있죠. 청년은 여기에 찬성해요, 반대해요?

학생 9 : 반대해요.

선생님 : 반대하면서 어떻게 생각해요? 세계는 아주 복잡하고 서로 얽혀 있기 때문에 절대로 단순하지 않다고 생각하는 게 청년의 입장이다. 근데 철학자는 뭐래요?

학생 6 : 단순하다.

선생님 : 철학자는 아니야, 세계는 누구에게나 단순한 거야. 이렇게 주장하는데 이런 생각의 차이가 왜 나오는 걸까요?

학생 1 : 시점의 차이에서 나오는 거 같아요.

선생님 : 시점? 어떻게 보느냐, 시점의 차이에서 나오는 거다. 여러분은 어때요? 단순한 거 같아요? 복잡한 거 같아요? 우리 한 사람씩 들어 볼까요? 정답은 없어요. 나는 그냥 단순한 것 같아, 복잡한 거 같아. 예를 들 수 있으면 더 좋고. '나는 이런 거 보니까 단순한 거 같아.' '이런 거 보니까 복잡한 거 같아.' 하시면 됩니다.

학생 3 : 저는 단순한 것 같습니다.

선생님 : 아, 단순한 것 같다. 왜 그런 걸까요.

학생 3 : 인간은 작은 것에도 예를 들어서 사탕이나 그런 걸 하나씩 심심할 때 운이 좋았을 때 달콤해서 씹듯이 사람은 단순하고 언제나 행복을 가질 수 있다고 생각해서요.

선생님 : 아, 사탕 먹으면 그냥 밖에 복잡한 일 있더라도 사탕 하나 먹으면 갑자기 행복해지고 기쁨을 누릴 수 있고, 그렇기 때문에 그 작은 단순한 거에도 움직이니까 단순한 것 같다.

학생 2 : 복잡한 것 같아요. 사탕을 먹어서 행복감을 느낄 수 있고, 사탕을 먹으면서 화학첨가물이 들어있는지 걱정을 할 수도 있고, 이걸 왜 먹어야 되는지 이렇게 해서 고민을 계속 할 수도 있고, 복잡한 것 같아요.

선생님 : 단순하게 사탕 하나 먹는 것뿐인데 거기에 인간의 마음이 작동하면 여기에 뭐가 들었을까 몸에 좋을까, 나쁠까, 살이 찔까, 이런 고민을 하면 더 막 복잡해지기 때문에 세계는 복잡한 것 같다. 네, 또 다른 친구는? 단순한 것 같아요, 복잡한 거 같아요?

학생 3 : 그거는 생각하기 나름인 것 같아요. 그냥 단순하다고 치면, 아무 생각 없이 먹을 때 행복하고, 살 찔 거 뭐 그런 거 다 생각하고 먹으면 복잡하니까, 그 사이에 있는 게 제일 정답이다.

선생님 : 단순하기도 하고 복잡하기도 하니까 그 사이에 있는 게 정답이다. 옆에 친구? 좀 전에 얘기하다 말았는데.

학생 2 : 똑같은 생각이에요.

선생님 : 그러면 단순하게 생각하면 단순하고, 복잡하게 생각하면 복잡한 거 맞아요? 그러면 우리는 단순하게 생각하는 게 자기한테 이로울까요? 복잡하게 생각하는 게 이로울까요?

학생 6 : 상황에 따라 다를 수 있어요.

선생님 : 상황에 따라 다를 수 있다. 어떤 경우는 단순한 게 좋을 것 같고 어떤 경우는 복잡한 게 좋을 것 같아요?

학생 6 : 단순한 거는 아무리 생각해도 답이 안 나올 때는 그냥 머리 아프게 하지 말고 하나만 생각하거나 하는 거고, 복잡한 거는 자기 스스로 해결할 수 있는데 좀 어려울 때 있잖아요. 그럴 때는 생각 간단하게 하면서…

선생님 : 아, 내가 결론적으로 이 문제를 해결할 수 있냐 없냐를 생각해서 아무리 무슨 짓을 해도 해결할 수 없다 이럴 때는 그냥 단순하게 생각하고 아, 뭔가 내가 좀 더 복잡하게 고민하면 답이 얻어질 것 같다 하면 복잡하게 생각하는 게 맞는 거 같다. 오호 그럴 수도 있겠네요. 또 다른 친구? 어떻게 생각해요?

학생 7 : 복잡하다고 생각해요.

선생님 : 복잡하다고 생각해요. 어떨 때 그런 것 같아요?

학생 7 : 친구 사이나 대인 관계가 틀어졌을 때 먼저 자신이 무얼 잘못했나 이런 생각도 하게 되고 실수를 했나 이런 생각도 계속해서 하다보니까 복잡하다고 생각해요.

선생님 : 친구 사이가 틀어졌을 때는 원인이 뭔가, 뭐가 문젠가 생각들을 많이 해야 되니까 결코 단순한 것 같지가 않다. 사람 사이의 관계라는 거 굉장히 복잡하다. 그렇죠. 또 다른 친구? 발표 안 한 친구?

학생 8 : 복잡한 거 같아요. 단순하게 생각하려 해도 지금 있는 이 세상을 계속 헤쳐 나가려면 복잡하게 생각할 수밖에 없고.

선생님 : 지금 있는 세상을 헤쳐 나가려면 복잡할 수밖에 없다. 그럼 지금 이 세상을 단순하게 헤쳐 나갈 수는 없을까요? 복잡하게만 헤쳐가야 될까요?

학생 10 : 나중에 어떻게 헤쳐 나갈지 고민해 봐야 할 것 같아요.

선생님 : 추후에 단순하게 생각할지 말지 생각해 봐야할 것 같다. 지금 당장은 복잡하게 생각하고. 일단 우선 닥쳤을 때는 복잡하게 생각하고 추후에 결론을 내릴 때는 단순하게 생각할 수도 있다. 단순하든 복잡하든 내 필요에 따라서 조율해야 된다. 이 얘기네요. 또 다른 학생은?

학생 1 : 주위 환경에 따라서 단순해질 수도 있고 복잡해질 수도 있고.

선생님 : 주위 환경에 따라서 단순해질 수도 있고 복잡해질 수도 있다. 그러면 주위 환경이 아니라 내 의지에 따라서 복잡하게나 단순하게 만들 수는 없나요? 내 의지에 따라서 나 단순하게 볼래, 단순하게 만들어 버리고. 나 복잡하게 볼래, 복잡하게 만들어 버리고. 이럴 수는 없나요?

학생 1 : 그게 사람마다의 가치관에 따라 다른 거니까.

선생님 : 사람마다 가치관이 다르니까 어떤 사람은 되고 어떤 사람은 안 되고?

학생 2 : 어떤 사람은 단순하고 어떤 사람은 복잡하게 생각하고 그 차이죠.

학생 3 : 사람마다 가능한 사람도 있고 불가능한 사람도 있고

선생님 : 그럼 불가능하다고 생각하는 그 사람은 지금 굉장히 복잡하게 생각하는데 예를 들어서 복잡성의 극치가 90이야. 이 사람이 90의 강도로 복잡하게 생각하고 있어, 그럼 이 사람이 노력하면 80의 강도가 될 수는 없을까요?

학생 5 : 궁금한 게 있는데요. 거기서 환경을 생각하지 말고 자신의 의지에 따라서 그걸 복잡하고 단순하다고 그랬는데 아무 환경도 없고 아무것도 없이 그거를 그냥 단순하다느니 하는 건 불가능하잖아요. 무슨 선택하는 게 있고 무슨 환경이 있어야 자기가 뭔가를 단순하게 생각하거나 복잡하게 생각하는데 환경 뭐 그딴 거 없이 단순하게 생각하고 복잡하게 생각한다. 그건 말이 안 되잖아요.

선생님 : 일단 상황은 주어져 있으니까. 환경이라는 게 어떤 상황이 주어졌을 때, 이것을 단순하게 볼 것인가 복잡하게 볼 것인가를 얘기하고 있으니까.

학생 1 : 그것이 바로 저희가 처음에 말했던 그 사람이 자기가 생각했던 거에 대해서 단순하게 생각하느냐 복잡하게 생각하느냐 그게 그거죠.

학생 2 : 딴 사람이 보기엔 복잡하게 생각하는데 자신이 보기엔 단순하게 생각하니까 사람 마음먹기에 다르고 사람의 특성에 따라 다른 거죠.

학생 4 : 가치관에 따라 달라질 수도 있는 거죠.

선생님 : 사람의 마음먹기에 따라 달라질 수도 있다는 거죠? 가치관에 따라서 달라질 수도 있다는 거죠? 절대 달라질 수 없다는 아닌 거죠? 모두가 달라질 수 있다가 아니라 노력하면 달라질 수도 있다는 얘기죠? 항상 복잡하거나 항상 단순해야 하는 게 아니라 상황에 따라 단순하게 해석할 수도 있고 복잡하게 해석할 수도 있는데, 이것 역시나 우리가 노력하면 더 복잡한 거를 좀 덜 단순하게 해석할 순 있다는 거네요?

학생 1 : 꼭 덜 복잡하게 생각해야 될까요?

선생님 : 그거는 그때의 상황에 따라서 다르겠죠.

학생 2 : 말이 이상하게 계속 돌아가는 거 같아요. 그건 결과적으로 무슨 소립니까?

학생 4 : 덜 복잡하게 생각해야 좋은 거라고 계속 말하고 있는 것 같은데

학생 5 : 똑같은 말이 계속 꼬리를 물고 돌리고 있어요.

선생님 : 단순하게 봐야 한다가 결론이 아니라 지금 여러분이 생각하는 것들을 종합해서 봤을 때 나오는 여러 가지 경우의 예를 얘기하는 거예요. 복잡하게 볼 수도 있다. 단순하게 볼 수 있다. 얘기했죠? 그런데 이게 상황에 따라서 단순하게 볼 상황도 있고 복잡하게 볼 상황도 있다고도 얘기했어요. 근데 이게 복잡하게 볼 것이냐 단순하게 볼 것이냐는 또 개인의 선택에 따라 달라질 수 있다는 얘기도 나왔어요.

그러면 우리는 오늘 어떻게 볼 것인가 하는 이 주제를 가지고 이야기해서 우리가 얻고자 하는 것은 그럼 뭐냐. 우리가 토론을 할 때 답을 정해놓고 이것만이 답이다 이러기 위해 하는 게 아니에요. 답은 여러분이 했던 말들이 다 답이에요. 우리가 정리해 보는 거죠. 이런 경우 저런 경우 여러 가지 경우의 수가 있을 수 있다는 거죠. 최종 선택은 본인이 하겠죠.

근데 중요한 것은 여기서 우리가 짚고 넘어가야 될 게 뭐냐면 이렇게 우물물처럼 컵이 있는데 여기 이 컵에 반은 들어있고 반은 안 들어있는 이런 컵이 있다. 이럴 때 긍정 심리학에서 많이 이용하잖아

요. 물이 얼마나 들어있어요?

학생 1 : 반이요.

학생 3 : 반이나 들어있다.

학생 2 : 저게 정확히 반일까요?

선생님 : 그 얘기할 줄 알았어요. 비커로 잰다고 생각하고 정확하게 반 있다고 가정 했을 때 그거에 대해 긍정 심리학에서는 반이나 들어있다고 생각하라 하잖아요. 근데 우리가 반 밖에 안 들어있네, 하고 생각하면 계속 우울하고 부정적이 된다. 이게 부정이냐 긍정이냐가 중요한 게 아니라 결국은 이런 결과가 나온 이유가 뭐예요?

학생 1 : 생각이 달라서

선생님 : 생각이 사람마다 달라서일까요?

학생 4 : 단순하거나 복잡해서

선생님 : 단순하냐, 복잡하냐가 문제일까요

학생 5 : 사람의 가치관에 따라서

선생님 : 가치관의 문제일까요? 특성이 달라서일까요? 반이나, 반밖에? 실제로는 뭐예요?

학생 3 : 반인데요.

선생님 : 그냥 반이에요. 반. 사실은 그냥 반 있는 건데 사람이 어떻게? 반이나 들어있거나 반밖에 안 들어있는 걸로 해석할 수 있다는 거죠. 플러스 뭘 넣어서? 주관을. 주관을 넣어서 실제는 반 들어 있는 걸 반이나 들어있거나 반밖에 안 들어있는 걸 만들어 버릴 수 있죠. 여러분이 포인트로 생각해야 되는 것은 바로 저거라는 거죠.

내가 이미 정해져 있는 무언가에 내 주관을 넣어서 '반이나' 를 만들거나 '반밖에'를 만들 수 있다는 거죠. 내 주관에 따라서 달라질 수 있다는 거죠. 그래서 내 주관에 따라서 달라지게 만드는 게 그러면 나쁜 거냐? 나쁘기만 할까요?

학생 10 : 좋을 때도 있고 나쁠 때도 있어요.

선생님 : 그렇죠. 좋을 때도 있고 나쁠 때도 있겠죠. 그럼 아까 얘기했듯이 선택의 문제가 나오겠죠. 나는 어느 쪽을 선택할 것인가. 어떤 선택이 나에게 더 이로울 것인가. 거기에 따라서 선택이 달라진다는 거죠. 자, 그럼 여러분의 선택은 무엇인가요?

생각 선택하기 : 세계를 어떻게 볼 것인가

내가 자랄수록

박성현

세상은 경험을 쌓을수록 보는 관점이 달라지는 것 같다. 유치원 때 기억은 잘 나지 않지만 그때의 나는 참 단순했던 것 같다. 항상 아무 생각 없이 엄마에게 장난감 사달라고 떼쓰고 일어나기 싫어했고 게임만 한 것이 아련하게 생각난다. 성장하면서 많은 경험을 했고, 나름대로 철도 들고 성적 걱정도 하기 시작했다.

지금의 나는 꽤 세상을 복잡하게 보는 것 같다. 그렇다고 단순한 면이 아예 없어진 것 같지는 않다. 아직까지도 아침에 일어나는 것이 항상 귀찮고 무작정 학원에 가기 싫고 부모님 말씀이 귀찮다. 부모님 잔소리 하나하나가 '세상을 보는 관점이 나와 달라서 그런 게 아닐까?'라는 생각이 든다. 물론 나를 위해 하시는 소리인 건 잘 알지만 이해할 수 없고 귀찮은 게 현실이다. 철들어라, 철들어라 하는 것 역시 세상을 복잡하게 봐야만 나올 수 있는 말씀이다. 다시 돌아보면 후회하면서도 이해가 안 되는 면도 있다.

학교에서 9시간 가까이 보내고 학원에서 3시간 동안 하루의 반을 열심히 보내고 늦게 집에 돌아오면 밥 먹고 씻고서야 한숨 돌릴 시간이 난다. 그때 잠시 쉬고 있으면 부모님이 "너는 공부는 안 하냐?" 이러신다. 부모님이 보시는 세상의 관점에서 학생은 쉴 틈 없이 공부를 해야만 되는 존재인가 보다. 세상을 다르게 보는 사람의 생각도 좀 헤아려 주셨으면 좋겠다. 세상을 보는 관점은 서로 다르지만 상대의 관점을 존중해주는 배려를 가졌으면 좋겠다.

함께하는 인문학 토의 둘

원인론과
목적론

생각 열기

지난번에 철학자는 인간은 누구나 변할 수 있다고 했지요? 그런데 청년은 트라우마를 들어 그걸 부정하고 있어요. 어떤 부정적인 일에 대한 트라우마가 강하게 있는 사람은 거기서 벗어나기 어렵다는 거지요.

그런데 철학자는 그것도 부정하고 있어요. '어떠한 경험도 그 자체는 성공의 원인도 실패의 원인도 아니다. 우리는 경험을 통해 받은 충격, 즉 트라우마로 고통 받는 것이 아니라, 경험 안에서 목적에 맞는 수단을 찾아낸다.' 한 마디로 경험에 부여한 의미에 따라 자신을 결정하는 것이라고 말해요.

그러면서 우리는 모두 '목적'을 따라 살고 있다고 말하지요. 과거의 일 때문에 방 안에서 안 나가는 사람이 있다면 그건 두려워서 방을 못 나가는 것이 아니라 방을 안 나가겠다는 목적 때문에 과거의 트라우마를 끌어온다는 거예요. 과연 무엇이 맞는 걸까요? 이야기 나눠 볼까요?

생각 나누기

선생님 : 어떤 사람이 사회에 대한 불안 때문에 방에 처박혀 있어

요. 그걸 여기서 철학자는 뭐라고 얘기하고 있어요?

학생 1 : 목적이요.

선생님 : 목적 어떤 목적?

학생 2 : 관심받기 위한.

선생님 : 아, 주변 사람들에게 관심을 받기 위한 목적이다. 여러분은 지금까지 어떻게 생각했어요? 누군가가 만약에 방에 들어앉아 안 나와. 그랬을 때 우리는 어떻게 생각했어요?

학생 4 : 무언가 심각한 일을 겪은 이후로 힘드니까 방에서 나오지 않는구나.

선생님 : 뭔가 방에서 안 나올만한 심각한 일을 겪어서 안 나올 거다 생각했다는 거죠?

학생 3 : 자기가 있고 싶으니까 그런 게 아닐까요? 자기가 그렇게 살고 싶으니까 그런 게 아닐까요?

선생님 : 아, 그렇게 살고 싶어서다. 그 사람은 왜 그렇게 살고 싶었을까요?

학생 2 : 혼자 사는 게 즐거우니까.

선생님 : 아, 방에 혼자 있는 게 즐거우니까. 그러면 만약에 정말 여기서 예로 얘기하는 어떤 충격적인 일이 있어서 안 나오는 경우라면요? 평소에는 안 그랬어. 밖으로 돌아다니고 친구들 만나고 했는데. 어떤 충격적인 일이 있고 그때부터 방에서 안 나오기 시작했어요. 그때는 그래도 방에 있는 게 즐겁기 때문에 그렇다고 생각해요? 그럴 경우도 그렇게 될까요?

학생 3 : 아니요. 그건 트라우마 때문이에요.

선생님 : 트라우마라. 어제 뭔지 모르겠는데 드라마의 한 장면이, 〈피리 부는 사나이〉였나? 혹시 본 사람 있어요? 협상 전문가가 나오는 거. 거기 한 장면을 잠시 봤는데 범죄자들이 막 폭력을 휘두르는 현장이었어요. 경찰관 두 명이 지원요청을 하고 제압하려고 갔어요. 근데 지원은 빨리 안 오는 상황이고. 둘이서 계속 지켜보고 있는데 거기 누군가 계속 맞고 있고 곧 죽을 것 같아요. 자기들이 지금 가서 안 도와주면. 지원은 안 왔어. 근데 숫자가 많아서 두 명이 가면 둘도 죽을 것 같은 상황이에요.

그래서 지원을 기다리고 있는데 동료경찰이 사람을 구한다고 먼저 달려가버렸어요. 자신도 가려는 순간 '윽' 하더니 숨이 멈춰버렸어. 동료가 맞고 쓰러지는게 보이는데 자신은 꼼짝도 할 수 없고 겨우 총을 쐈지만 사람들은 도망가고 동료는 죽어버린 거지.

그게 어느 상황이냐면 정신과에 심리치료를 하러 가서 이야기를 하는 장면이었어요. 그러면서 그 의사한테 하는 얘기가 "그 친구가 나 때문에 죽었습니다. 제가 그때 갑자기 멈추지만 않았어도 살았을 텐데." 이러면서 내 몸이 멈추는 바람에 죽었다고 자책하는 상황이었어요.

이런 일이 언제부터 시작됐냐고 하니까 그 전에도 비슷한 상황이 있었는데 사건현장에서 직접 동료가 옆에서 죽는 걸 목격한 이후로 그렇다는 거야. 그런 급박한 상황이 딱 되면 자기가 멈춘대요. 심장이 멎어버리고 숨을 쉴 수 없는 상황이 돼 버리는 거지. 그러면서 "선생님, 저 때문에 죽었습니다."

이럴 때 우리는 트라우마가 지금 현재를 제어하고 있다고 보는 거죠. 거기에 대한 이야기죠. 이 철학자와 청년이 말하는 게. 뭔가 원인이 있어서 그 트라우마 때문에 그렇게 할 거라는 게 청년의 입장이에요. 그런데 철학자 입장은 뭐예요?

학생 1 : 오히려 그 상황을 관심의 문제로 돌리려고 하는 건 아닐까요?

학생 4 : 내가 원하는 걸 얻기 위해 과거를 이용한다는 거 같아요.

선생님 : 그러니까 방에서 안 나오는 건 관심의 문제인데, 방에서 안 나오는 것뿐 아니라 다른 어떤 어려움, 다른 모든 일들은 결국 뭐예요? 그 트라우마 때문에 그렇게 된 게 아니라 내가 이렇게 하려고 하기 때문에, 방에서 안 나오는 게 목적이기 때문에 그 앞에 행동을 하게 되고 그 앞에 원인을 갖다 붙이는 거다. 이렇게 얘기하는 거죠.

여러분은 어떤 것 같아요? 지금까지 살아오면서 내가 어떤 일들이 있었을 때 거기에 대처하는 방법, 행동하는 방법, 이런 걸 봤을 때 어느 쪽인 것 같아요?

학생 2 : 저는 청년의 입장이 공감돼요. 우연찮게 내 앞에서 사람이 죽으면 그 사건 때문에 외출이 힘들어질 수 있는 상황도 있거든요. 원인이 있어 행동이 나오는 경우도 있고, 행동을 하기 위해 원인을 찾아 붙이는 경우도 존재하죠. 싸우거나 그런 것 때문에 사회에 많은 문제점이 발견됐고 그것 때문에 실제로 트라우마 때문에 자살해가지고 그런 외상증후군도 생기는 거고 그래서 아마도 제 개인적으로는 청년이 하는 말이 맞는 것 같아요.

선생님 : 트라우마 때문에 그런 일을 하는 게 철학자 쪽보다 청년 얘기가 더 맞는 것 같다. 또 다른 사람은? 철학자의 말이 맞는 것 같

은 경우는 없어요?

학생 7 : 있어요. 화내는 부분이요.

선생님 : 아, 뒤에 화내는 얘기 막 나오죠. 그 부분 들으면 공감 가죠. 엄마가 막 화내다가 전화가 와 봐요. "네. 안녕하세요?" 하다가 전화 끊고 막 화를 다시 내죠. 이게 만약에 정말 화가 폭발해서 제어할 수 없는 상황이면 불가능한 일이잖아요. 그럴 때는 마치 화를 내기 위해 화를 내는 것 같은 느낌이 든단 말이에요.

학생 8 : 맞아요. 저희 어머니도 그래요.

선생님 : 예전에 선생님 학교 다닐 때도 아주 학생을 많이 때리는 선생님이 있었어요. 그런데 그런 선생님 같은 경우 아침에 출근하시면서 '오늘은 누구를 팰까' 대놓고 얘기하고 다니지요. 그럴 때는 원인과 목적이 바뀐 게 아닌가라는 생각이 들 때도 있거든요.

우리 어느 쪽이 맞다의 문제가 아니라 그 경우들을 한 번 찾아보자는 거죠. 철학자의 경우가 되든지 청년의 경우가 되든지 자기가 겪은 일, 또는 주변에서 본 일 이런 것들을 생각해서 어떤 사례들이 있을까 생각해 보세요. 철학자의 상황도 좋고 청년의 상황도 좋고 어느 쪽의 상황도 좋아요. 어떤 경우에 그렇게 느꼈어요? 예를 한 번 들어보세요. 나는 언제 철학자처럼 행동하고 나는 언제 청년처럼 행동하는 것 같은지….

학생 4 : 청년처럼 행동한 것 같은데 실제적으로 부모님이 큰 싸움을 벌이시거나 그런 광경을 목격했을 때 그런 트라우마 때문에 두렵죠.

선생님 : 부모님이 막 많이 싸우고 이랬을 적에 그것 때문에 비슷한

상황이 되면 두려움에 떤다.

학생 4 : 싸우는 소리를 듣거나 싸움에 휘말리지 않을까 걱정부터 하고 일단 싸움을 최대한 피하려고 하고.

선생님 : 주변에서 싸우려고 하면 그냥 도망가 버리거나 내가 안 휘말리기 위해서 뭘 하는 것 같다. 네, 그런 경우 있을 수 있겠어요.

학생 5 : 그건 그냥 자기 합리화를 위해서 갖다 붙이는 게 아닐까요? 자기가 휘말리기 싫어서 이러는데 아, 나 옛날에 이런 일이 있으니까 그런 거다 하고 이유를 대며 자기 합리화를 하는 거죠.

선생님 : 이걸 만약에 원인론으로 보면 과거 때문에 이렇게 되는데 목적론으로 보면 나 그냥 휘말리기 싫어서 피하는 건데 과거에 이런 일이 있기 땜에 이렇게 행동하는 거야, 한다는 거지요. 그렇게 하면 뭐가 좋은데요?

학생 6 : 자기 합리화니까 자기 기분이 좋겠죠.

선생님 : 기분이 좋다? 더 적절한 말은 없을까요?

학생 2 : 죄책감이 안 드니 책임을 안 져도 돼요.

선생님 : 아, 내가 책임을 안 져도 된다는 거지요. 내 책임은 어디에 있다? 과거에 있다 이렇게 합리화 하니까요.

학생 1 : 그게 원인론이 아닌가요?

선생님 : 그렇죠. 원인론이죠. 내 책임은 과거에 원인이 있다고 보는 게 그렇게 하면 편안해지니까 그렇게 보는 거구요. 그걸 목적론으로 보면 그게 아니라 내가 피하고 싶으니까 저걸 갖다 붙이는 거야 이렇게 보는 거잖아요. 그렇게 되면 어떻게 해야 돼요? 내가 책임져야 되는 상황인 거죠. 내가 피하든 맞서든 모든 책임은 내가 선택

했으니까 내 책임이야를, 내가 책임질 준비가 돼야 그 선택을 할 수 있다는 거죠. 그래서 많은 사람들이 목적론보다는 원인론을 선택하는 지도 몰라요. 왜? 내가 아닌 주변이나 다른 사람에게 원인을 떠넘길 수 있거든요. 그러면 내가 책임져야 될 부분은 줄어들잖아요.

그래서 지금 여기 철학자가 하는 얘기는 그거예요. 그런 이유로 이렇게 볼 수 있으나 저렇게 해석하는 경우가 많이 발생한다는 거예요. 실제로 트라우마가 있으면 계속 그 속에서 못 벗어나고 이렇게 될 수밖에 없다고 생각하잖아요.

학생 3 : 하지만 트라우마 핑계만 대기에는 그걸 이기는 사람도 있잖아요?

선생님 : 맞아요. 똑같이 사고를 경험해도 사람에 따라서 어떤 사람은 오 년 만에도 벗어나고 어떤 사람은 십 년 만에 벗어나고 어떤 사람은 평생을 못 벗어나기도 해요. 같은 사건을 겪었더라도. 그런 걸 보면 나의 생각이나 노력이 전혀 무용한 게 아닌 거죠.

그리고 트라우마가 최대로 길게 가도 30년이라고 했잖아요. 그러니까 어느 정도의 시간이 지나면 거기서 벗어날 수 있는 힘이 생긴다는 얘기도 되죠. 또 다른 예 한 번 찾아볼까요? 어떤 예가 있을까요?

학생 2 : 배 침몰 사건 같은 경우에는 많은 사람들이 죽었잖아요. 그런데 거기 안에서 나온 생존자들은 많이 없었고, 거기 있는 많은 생존자들은 배가 가라앉으면서 학생들이나 승객들이 물이 차 올라와서 죽는 모습을 봤을 거고. 안 본 사람들도 있겠지만 본 사람도 있을 거고. 만약 그렇게 상황이 이어진다면 그 사람들은 영원히 트라우마에서 벗어날 수 없을 거고. 자신도 위기에 처한 상황인데도 불구하고 옆에 사람은 오히려 죽어가고 있고 나는 살아야겠고 그런 생각을 자꾸 가지다 보니까 자신이 이 사람을 구하지 못하고 자신만 살아난 것에 대한 후회와 다양한 좌절감을 느끼게 될 거고 그것 때문에 오히려 트라우마가 좀 더 악화되는 것 같고 원인론으로 판단한다면 평생 벗어날 수 없는 일이지요.

선생님 : 배 침몰 사건의 피해자나 거기에서 살아남았지만 죽는 사람들을 봐서 너무 끔찍한 경험이다. 이것이 평생 갈 수도 있다. 근데 이걸 만약 원인론으로 보지 않고 목적론으로 해석한다면 여기서 벗어날 방법이 없을까요? 이걸 원인론으로 봤을 때와 목적론으로 봤을 때 뭐가 달라질까요? 살아남은 피해자들이 어떻게 달라질 수 있을까요?

학생 1 : 목적론으로 보면 살기 위한 거니까 상관없다고 그걸로 회피할 수 있다고 생각해요.

학생 5 : 친구들이 죽었지만 나는 살아남았고, 나는 그들의 몫까지 열심히 살아야 할 의무가 있다고 생각하고 그때의 트라우마를 떨쳐버려요.

선생님 : 그렇죠. 모두 같이 죽는 게 그럼 답이냐, 내가 그때 뛰어들어서 나까지 죽었어야 답이냐, 이렇게 생각할 수 있죠. 살 수 있는 사람조차 무조건 다 죽어야 되느냐. 내가 들어간다고 해서 꼭 구할 수 있는 방법이 있는 것도 아니고. 내가 정말 손 내밀면 살 수 있는 상황이었다면 그렇게 해서 구한 사람도 있겠죠. 근데 정말 내가 아무것도 할 수 없는 상황이었을 수도 있단 말이죠. 또는 누군가가 해

경이 되든 누군가가 구할 것이라 확실히 믿고 있을 수도 있다는 거죠. 그 모든 것들을 내 책임이라고 했을 때와 다른 부분으로 해석해서 봤을 때는 내가 느끼는 책임감이든 죄책감이든 무게가 다르겠죠. 이게 무게가 다르다는 건 결국 내가 앞으로 어떻게 보고 어떻게 살아갈 것이냐에 방법이 달라진다는 거죠. 그래서 여러분이 원인론과 목적론 얘기를 하는 이유도 그거예요.

내가 무엇을 어떻게 바라보고 어떻게 판단하고 어떻게 행동하느냐에 따라서 내가 앞으로 살아갈 모습이 달라지는 거죠. 나는 어떻게 살겠다가 달라지는 거죠. 그게 바로 여러분이 이 글에서 얻어야 될 것들이겠죠.

이런 것들 역시나 여러분들이 다 종합해서 우리 오늘 나누었던 얘기들도 있을 거구요. 또 지금 바로 생각나지는 않지만 생각해 보면 그런 일들이 많을 거예요. 내가 원인론으로 그때 판단해서 행동했으나 그걸 만약에 목적론으로 생각했다면 어떻게 되었을까. 다르게 볼 수 있는 일들이 있죠? 그런 것들을 찾아내서 써보면 여러분에게 더 도움이 될 겁니다.

생각 선택하기 : 원인론과 방법론

원인론과 목적론

박정섭

어떤 상황에 대해 원인론의 입장에서 말하는 사람도 있고 목적론의 입장에서 말하는 사람도 있다. 원인론은 과거의 일 때문에 이 일이 일어났다고 말하는 것이고, 목적론은 이 상황을 위해 과거의 일을 사용하는 것이다. 예를 들어 옛날에 물에 빠져 죽을 뻔한 사람이 물에 빠진 사람을 구하지 않아 그 사람이 죽었을 때 원인론은 물에 빠졌던 과거 때문에 구하지 못했다고 생각하는 것이고, 목적론은 그 상황을 벗어나기 위해서 과거를 사용했다는 것이다.

나는 원인론과 목적론을 알아서 쓰면 된다고 생각한다. 어차피 상황은 끝났고 결과는 나왔다. 그것에 대해 원인론과 목적론 중 자신이 미래를 살아가는데 더 나은 것으로 자신을 합리화시키면 되는 것이다. 다른 사람들은 이것에 대해 욕할 수도 있다. 당신이 피해자라면 이렇게 할 수 있겠냐고 말할 것이다. 그렇다면 나는 이렇게 말하겠다. 그런 일이 일어나지 않도록 노력을 하면 됐을 것이 아니냐고 말이다. 분명히 이 상황이 일어나기 전에 당신이 노력했다면 충분히 일어나지 않았을 것이다. 따라서 나는 원인론과 목적론 중 자신이 미래를 살아가기 위해서 더 나은 것을 택하면 된다고 생각한다.

함께하는 인문학 토의 셋

과거의 나

생각 열기

열등감이 심하면 누구나 부정적이 되고 '어차피 나 같은 건' 하고 생각하게 된다는 청년에게 철학자는 그건 열등감이 아니라 열등 콤플렉스라고 합니다. 열등감은 노력과 성장을 자극하는 계기가 되기도 하는 것이지만 열등 콤플렉스는 자신의 열등감을 변명거리로 삼기 시작한 상태라고 구분 짓습니다.

아들러는 우월성 추구도 열등감도 병이 아니라 건강하고 정상적인 노력과 성장을 위한 자극이라고 했으며, 건전한 열등감이란 타인과 비교해서 생기는 것이 아니라 '이상적인 나'와 비교해서 생기는 것으로 인생은 타인과의 경쟁이 아니라고 철학자는 말합니다. 이번 시간에는 열등감, 경쟁에 대한 이야기를 나눠볼까요?

생각 나누기

선생님 : 핵심적인 내용은 무엇인가요?

학생 1 : 열등감이요, 열등 콤플렉스요.

학생 2 : 열등감은 긍정적이지만 열등 콤플렉스는 개선해야 해요.

선생님 : 열등감은 뭔가를 잘 할 수 있는 촉진제죠. 열등콤플렉스는 열등감을 토대로 해서, 뭐라고 해야 할까요? 일종의 현실을 회피하기 위한 핑계로 사용하는 것을 말하는 것 같죠.

여러분도 누군가를 부러워한 적 있나요?

학생 1 : 공부 잘하는 친구요.

학생 2 : 노래 잘하는 아이요. 공부도 잘하고요.

선생님 : 다른 친구는요?

학생 3 : 저는 딱히 없어요.

선생님 : 공부를 잘한다거나 친구가 많다거나 노래를 잘한다거나 보통 우린 이런 것을 부러워하죠. 그렇게 우리가 모든 사람이 모든 능력을 다 가지고 있다고 하더라도 모든 것이 다 우등하지는 않을 거예요. 그렇다면 모든 것이 다 뛰어나다는 것이 단점이 될 수는 없을까요? 누군가에게는 단점이라고 생각되는 것이 다른 누군가에게는 부러움의 대상이 되기도 하지 않을까요?

학생 4 : 맞아요. 전 말이 너무 많아서 줄이고 싶은데, 친구는 그게 부럽대요.

선생님 : 그럼 열등감과 인정, 칭찬에 대한 이야기를 나눠 보기로 하죠. 열등감과 인정, 칭찬이 긍정이나 부정, 한 가지 면만을 가지고 있는지 내가 받았던 열등감이나 인정, 칭찬에 대해 이야기 해 봅시다. 내 삶에서의 긍정적인 영향은 무엇인지, 부정적인 영향은 어떤 것이 있는지 같이 엮어서 생각해 보고요. 내 기억과 연결 지어서 이야기해 보죠.

학생 1 : 해야 할 일을 못해 냈을 때 열등감을 느꼈어요. 부러움은 내가 못 해낸 것을 다른 사람이 해내는 것을 보았을 때였어요.

선생님 : 좀 더 구체적으로 이야기 해 볼까요?

학생 2 : 공부할 계획을 짜 놓고도 실천하지 못하고 놀고 있는데,

다른 친구들은 계획대로 실행해서 점점 올라가는데 나는 점점 낮아져서 열등감을 느껴요. 제대로 실천하지 못한 것이요.

선생님 : 왜 실천을 못하게 된 것 같아요?

학생 2 : 게으름 때문인 것 같아요.

선생님 : 내가 게을러서 그런 것 같다. 그럼 하고 싶은 일이나 되고 싶은 것이 있나요?

학생 2 : 현재는 없어요.

선생님 : 그럼 하고 싶은 것을 찾는다면 어떨 것 같아요?

학생 2 : 찾아도 크게 달라질 건 없을 것 같아요.

선생님 : 별로 달라지지 않을 것 같다. 왜 그럴까요? 혹시 열등감이나 부러움 때문은 아닐까요? 본인에게 열등감이나 부러움은 어떤 작용을 하나요?

학생 2 : 열등감은 저 자신을 자꾸 밑으로 내려가게 하는 것 같아요.

선생님 : 그렇다면 열등감은 자신을 점점 작아지게 만드는 역할을 한다는 거네요. 다른 학생들은 어떤가요? 방금 얘기한 학생이 열등감은 자신을 낮추는 작용을 한다고 했는데 다른 사람들도 그런가요? 어떨 것 같아요?

학생 1 : 내려가게 할 수도 있고 아닐 수도 있을 것 같아요.

학생 3 : 올라가기 위한 발판으로 만들 수 있을 것 같아요.

선생님 : 그럼 열등감을 발판 삼아 올라간 예가 혹시 있을까요?

학생 1 : 작년 2학기 때부터 진로가 결정되고 다른 친구들은 무언가 이루고 있는데 저는 점점 퇴보하는 것 같아서 학원도 다니고, 노력해서 지금 성적도 점점 올라가고 있어요. 열등감을 발판 삼아 올라온 셈이죠.

선생님 : 그렇다면 칭찬 받은 기억은?

학생 4 : 저는 중학교 들어와서 부모님께 칭찬 받아본 일이 거의 없어요.

학생 3 : 전교 21등이 되어서 칭찬 받았어요.

선생님 : 성적 때문에 칭찬을 받았군요. 지금까지 받아온 칭찬이 본인에게 준 영향은 어떤 것이 있을까요?

학생 9 : 공부를 열심히 하게 해요.

선생님 : 그렇군요. 그런데 무언가를 주어서 하게 만드는 예를 들면 공부를 계속하게 만드는 것은 짧은 시간으로 보면 효과가 있지만 장기적으로 보았을 때는 스스로 움직이는 것이 더 큰 성과를 가져올 수 있다고 해요. 누군가가 돈을 주거나 상을 주는 것을 통해 움직인다면 지속적으로 보았을 때는 악영향을 끼칠 수도 있죠. 보상이 없다면 스스로 할 의지를 꺾을 수 있다는 연구결과도 있거든요.

학생 10 : 맞아요. 칭찬도 계속 들으면 약효가 떨어져요.

학생 3 : 저는 저 자신이 느끼는 성취감이 칭찬보다 더 큰 적이 있었어요. 예전에는 칭찬이 보상이라는 생각이 들었는데 이제는 성취감 자체가 보상이 되는 것 같아요.

선생님 : 칭찬의 영향력에서 벗어난 상태로군요. 여러분은 남들로부터 인정받은 기분을 느낀 적이 있나요? 15년을 살아왔는데 칭찬을 많이 받거나 인정을 많이 받는 친구가 부러웠던 적은 없었나요? 성적 이외에 부러워한 적이 있지는 않나요?

학생 1 : 용돈 많이 받는 친구를 부러워한 적이 있어요.

선생님 : 아, 그럴 수도 있겠네요. 그런데 돈이 많아서 혹시 나쁠 수 있는 점은 없을까요?

학생 1 : 돈이 없다면 절제할 수 있어요. 먹을 것, 간식 등이 눈에 보이지 않고 정말 필요한 곳에만 사용해요. 그런데 만 원이나 이만 원을 받아도 결국에는 돈이 없어져요.

선생님 : 돈이 없다면 오히려 조절 능력이 생길 수도 있다는 이야기네요. 그렇다면 높은 성적 때문에 생길 수 있는 나쁜 점은 없나요? 1등은 나쁜 점이 없을까요?

학생 5 : 기대가 커요.

선생님 : 그렇지요. 처음부터 잘해야 한다는 부담감이 있잖아요. 무엇이든 잘해야 된다는 부담이 있을 수 있지요. 선생님이 아는 사람 중에 서울대 법대에 간 사람이 있는데 고등학교 때 계속 전교 1등을 했어요. 본인은 쉬고 싶고, 놀고 싶은 마음이 있었는데 쉴 수가 없었대요. 친구 집에 놀러 갔더니 친구 엄마가 '너는 전교 1등인 00이니? 어떻게 전교 1등을 하니?' 하며 자신을 알아주더래요. 그래서 더 열심히 공부하고 노력하게 된 거죠. 주변 사람들의 시선 때문에 더 열심히 할 수밖에 없었다고. 전교 1등이 열심히 살게 하는 역할이기도 하지만 쉴 수 없는 이유가 되기도 했다는 거죠.

학생 6 : 맞아요. 성적이 조금 오르면 부모님은 더 기대를 해요.

선생님 : 그렇죠. 사법고시를 준비할 때도 마찬가지였어요. 매몰 비용, 즉 그 동안 본인이 투자한 시간과 노력이 있었고, 친구나 선배들은 대부분 법관인데 나만 사법고시를 통과하지 못한 상황을 참을 수 없어서 그만 둘 수 없었던 거예요. 이렇게 본다면 전교 1등은 좋기

만 하지도, 나쁘기만 하지도 않은 거 같지요. 우리가 살아가는 삶에서 좋은 것만, 또는 나쁜 것만 있는 것 같은 상황을 생각해 볼까요?

학생 1 : 딱히 떠오르는 것이 없어요.

학생 7 : 그런 건 없는 거 같아요.

선생님 : 그렇지요. 우리 삶의 모든 면은 동전의 양면처럼 맞물려 있는 것이죠. 지금 우리는 열등감 자체가 문제가 아니라 열등감을 느끼고 다음 반응을 어떻게 하느냐에 따라 문제가 될 수도 있고 아닐 수도 있다는 이야기를 하고 있어요. 더 성장시켜야겠다고 생각하면 발전의 계기가 될 수 있고, 핑계거리로 삼게 되면 문제가 된다는 이야기지요. 이는 전에 우리가 이야기했던 원인론, 목적론과 맞닿아 있어요.

학생 8 : 인정이나 칭찬도 마찬가지 같아요.

선생님 : 대부분 인정이나 칭찬을 긍정적으로 보고 있는데 여기서는 꼭 그렇지만은 않다는 이야기도 하고 있어요. 위쪽 페이지에 인간은 칭찬을 받을수록 자신에게 능력이 없다고 생각하게 되어 있다고 하는데 이 부분에 대해 생각해 보기로 해요. 처음에 어떤 행동으로 칭찬을 받았는데 다음에도 동일한 행동을 계속 하는 것은 칭찬의 강도가 없어지거나 낮아지게 되죠. 그러면 좀 더 강화된 행동을 하게 되죠. 칭찬을 받기 위해서….

학생 7 : 맞아요. 끝이 없어요.

선생님 : 〈문화의 수수께끼〉[4]라는 책에서 에스키모들의 이야기가

4) 마빈 해리스, 『문화의 수수께끼』, 한길사, 2000.

나오는데 실제 에스키모인들이 두려워하던 일이 일어났어요. 선물을 받은 에스키모인들이나 부시맨들은 선물 시혜자들에게 더 많은 선물을 받기 위해 더 많은 것을 하게 되고 점점 시혜자들에게 기대게 되죠. 그러면 시혜자들은 점점 영향력 있는 사람들이 되고.

학생 4 : 칭찬과 선물이 묘하게 닮아 있네요.

선생님 : 그렇지요? 그럼 지금까지 나눈 이야기를 생각하며 과거의 자신에 대해서 하고 싶은 말을 적어봅시다.

생각 선택하기 : 과거의 나

자신감이 넘쳤던 과거의 나

이동익

과거의 나는 정말로 운동과 노는 것을 좋아하는 외향적인 아이였다. 가끔 할아버지 댁에 가면 뒤에 있는 산에 올라가 도토리도 줍고 나뭇가지로 활과 화살, 칼 같은 것을 만들어 산에서 뛰어 놀곤 했다. 어렸을 때 나는 외사촌동생과 1층 2층인 주택에서 함께 살았다. 사촌동생과 밖에서 놀다가 집에 갈 때면 차도에서 달리고 있는 자동차를 따라잡는다며 인도에서 사촌동생의 손을 잡고, 달릴 수 있는 최대한의 속도로 달리고는 했다. 그러다 간혹 천천히 달리는 자동차를 따라 잡으면 마치 나와 사촌은 자동차보다도 빠른 바람인 양 어깨가 으쓱하고는 했다.

그러다 초등학교 2학년 때 나는 이사를 가게 되었고 사촌과도 떨어지게 되었다. 새로 전학 간 학교는 원래 다니던 학교보다 훨씬 커서 길을 찾기도 힘들었다. 한동안은 반을 찾기도 힘들어 헤매는 경우도 많았지만 새로 사귄 친구들과 함께 다니다 보니 학교 교실들의 위치도 대부분 외우게 되었다.

그렇게 6학년이 되고 어렸을 때보다는 철이 들었는지 자동차와의 경주는 더 이상 하지 않았지만 여전히 자신감이 넘치는 아이였다. 6학년 때 친구들을 사귀게 되었는데 지금도 정말로 친한 친구들이다. 6학년 때 정말 재밌는 일들도 많았던 것 같다. 그렇게 가장 기억에 남고 정들었던 6학년 때의 반 친구들 그리고 학교와 이별을 하게 되었다.

믿기지 않던 졸업을 하고 경구중학교라는 곳에 입학을 했다. 외향적이었던 어렸을 때와는 달리, 운동도 별로 하지 않고 확실히 외향적인 모습은 줄어들었다. 그 이유가 뭘까 하고 고민을 해보았는데 나에 대한 칭찬과 인정 때문에 줄어든 것은 아닌가 싶었다. 나도 그렇지만 누구나 인정을 받고 칭찬을 들으면 기분이 좋다. 하지만 반대로 지나친 인정과 칭찬은 오히려 부담스러운 것은 아닐까?

중학교 1학년, 입학했을 때 반의 실장을 맡게 되었다. 실장으로서 선생님의 신뢰를 받았고, 더욱 열심히 하려고 노력했다. 실수도 잦았지만 선생님께 인정을 받았고 2학년에 올라가자 담임선생님의 권유와 칭찬과 인정이 좋아서 또 반의 실장을 맡게 되었다. 2년 연속으로 실장을 해서 그런지 여러 선생님들께서 나에 대해 알고 계셨고, 더욱 열심히 했다. 1학년 때는 마냥 칭찬과 인정받는 것이 좋아서 열심히 했었는데 2학년이 되자 칭찬과 인정이 부담스럽고 힘들어지기 시작했다.

성적도, 인성도, 친구들과의 관계도 완벽해야 할 것만 같아서 어떠한 실수도 하지 않기 위해 너무 나서지 않다 보니 외향적인 모습을 나의 내면에 꽁꽁 숨겨둔 것은 아닐까 싶다. 그렇게 어렸을 때의 나와는 달리 자신감도 줄어들고 웃음도 줄어들었다. 그러다 보니 주변의 친구들을 보며 '저 친구는 저렇게 잘하는데 왜 나는 못하는 거지?' 이러한 열등감을 느끼며 괜히 주눅이 들곤 했다. 그렇게 좋아하던 운동에도 거의 손을 놓고 공부에 집중을 하며 많은 스트레스를 받기도 했다. 그래도 그 덕분에 성적은 많이 올랐다.

이제 나는 중학교의 최고 학년인 3학년이고, 학생회장이 되었다. 힘들지 않다면 거짓말이겠지만 2학년 때와는 달리 다른 친구들과 나를 비교하지 않고 나에 대한 장점을 더 많이 생각하며 더욱 자신감을 가지고 항상 노력하는 사람이 될 것이다.

하늘과 바람과 별과 詩

「하늘과 바람과 별과 詩」[5]는 시인 윤동주의 유고 시집으로 1948년에 간행되었다. 1941년에 출판하고자 했으나 일제 검열의 통과 여부가 걱정되어 보류했다. 시집의 제목을 원래는 '병원' 이라고 붙이려고 했는데, 이는 당시의 세상이 온통 환자투성이였기 때문이다. 사람들에게 많이 알려진 〈자화상〉, 〈별 헤는 밤〉, 〈쉽게 쓰여진 시〉, 〈참회록〉 등 초판에는 31편의 시가 실려 있다.

이 시집에 실린 작품들은 윤동주의 뿌리 깊은 고향상실 의식과, 어둠으로 나타난 죽음에의 강박관념 및 이 모두를 총괄하는 실존적인 결단의 의지를 잘 드러내고 있다. 그의 작품 경향은 어둠의 색채로 물들어 있고, 밤의 이미지로 가득 차 있을 정도로 절망과 공포, 그리고 비탄 등 부정적 현실이 팽배하고 있어 그의 현실인식이 비극

---

5) 윤동주, 『하늘과 바람과 별과 詩』, 정음사, 1948.

적 세계관에 자리하고 있음을 시사하는 동시에, 불변하는 것에 대한 이상과 염원은 일제 암흑기를 이겨나가는 예언적인 시인의 모습을 보여준다.

하늘을 우러러 한 점 부끄럼이 없게 살기를 소원하며 늘 부끄러움을 천형처럼 안고 살았던 윤동주. 그의 작품에서 볼 수 있는 그의 삶은 오늘을 사는 사람들에게 어떻게 살아야 하는가에 대해 여러 가지 생각을 던진다.

*저자 소개 : 윤동주(尹東柱)[6)]

윤동주의 아명(兒名)은 해환(海煥)으로 1917년 12월 30일 북간도(北間島) 명동촌(明東村)에서 출생했다. 1932년 용정의 은진중학교에 입학했으나, 1936년에 평양의 숭실중학교로 옮겼으며, 1936년 숭실중학교가 폐교된 후 용정의 광명학원에 전입했다.

1941년 연희전문을 졸업하고, 1942년 일본의 리쿄대학(立敎大學)에 입학했다가, 가을에 도시샤대학(同志社大學) 영문과로 전학했다. 1943년 외사촌인 송몽규(宋夢奎)와 귀국하다가 독립운동 혐의로 일본 경찰에 체포되어 2년형을 선고받고 후쿠오카(福岡) 형무소에서 복역하다가 1945년 2월 16일 옥사했다.

1948년 그의 유고를 모아 시집 『하늘과 바람과 별과 시』를 발간하

6) 권영민, 『한국현대문학대사전』, 서울대학교출판부, 2004 참고.

면서 문단에 알려지기 시작하였고, 현재까지 알려진 바에 의하면 시 76편, 동시 35편, 수필 5편 등 총 116편의 작품을 남겼다.

윤동주의 시 세계는 동심지향(童心志向)과 실향 의식(失鄕意識) 그리고 속죄양 의식으로 특징지어지는데, 그의 많은 작품에는 어두운 현실 속에서 양심적인 삶을 살아가지 못하는 자아에 대한 '부끄러움' 이 내재되어 있다. 습작기라고 할 수 있는 1934년부터 1936년까지의 시 중에서는 「삶과 죽음」이 대표적이다. 이 작품에서는 삶과 죽음 또는 빛과 어둠의 갈등이 묘사되고 있는데, 시적 짜임새에 있어서는 다소의 미숙함을 보여준다.

그러나 1937년 이후의 작품에서는 어두운 현실에 대한 불안감과 자기 성찰의 시를 보여준다. 이 시기 작품에서는 내면적 자아에 대한 성찰과 민족적 현실에 대한 인식이 자전적 체험을 바탕으로 하여 잘 형상화되어 뚜렷한 문학적 성과를 이룬 것으로 평가된다. 그의 시가 민족 저항시 범주에 속할 수 있느냐에 대해서 다소의 반론이 없지는 않다. 하지만 이육사(李陸史)와 함께 일제 말기 민족문학의 부재 상태, 소위 암흑기를 훌륭히 극복한 민족 저항 시인으로 평가되는 것이 통설이다.

서시

죽는 날까지 하늘을 우러러
한 점 부끄럼이 없기를
잎새에 이는 바람에도
나는 괴로워했다
별을 노래하는 마음으로
모든 죽어 가는 것을 사랑해야지
그리고 나한테 주어진 길을
걸어가야겠다
오늘 밤에도 별이 바람에 스치운다

작품해설

윤동주(尹東柱)하면 서시를 떠올릴 만큼 이 시는 윤동주의 삶의 자세를 보여주는 시이다. 1941년 11월 20일에 창작되었고, 1948년에 그의 유고 시집인 『하늘과 바람과 별과 시』에 실렸다. 「서시」는 제목처럼 시집의 서시 역할을 하였으며, 시의 내용은 천체의 하늘과 바람과 별을 중심으로 짜여 있다. 첫째 연은 '하늘-부끄럼' , 둘째 연은 '바람-괴로움' , 셋째 연은 '별-사랑' 이 주요 이미지이다.

첫째 연에서는 하늘의 이미지가 표상하듯이 천상적인 세계를 지향하는 순결 의지가 드러난다. 바라는 것, 이념적인 것과 실존적인 것, 한계적인 것 사이의 갈등과 부조화 속에서 오는 부끄러움의 정조가 두드러진다. 둘째 연에는 대지적 질서 속에서의 삶의 고뇌와 함께 섬세한 감수성의 울림이 드러난다. 셋째 연에는 "별을 노래하는 마음"으로서의 '진실한 마음, 착한 마음, 아름다운 마음'을 바탕으로 한 운명애의 정신이 핵심을 이룬다. 특히, "그리고 나한테 주어진 길을 걸어가야겠다."라는 구절은 운명애에 대한 확고하면서도 신념에 찬 결의를 다지고 있는 것으로 해석된다.

이러한 운명애의 결의와 다짐은 험난한 현실에서 도피하지 않고 운명과 맞서서 절망을 극복하려는 자기 구원과 사랑에 있어 최선의 방법이 될 수 있기 때문이다. 절망의 환경일수록 스스로를 구원할 수 있는 것은 자기 자신일 수밖에 없다. 여기에서 윤동주가 택한 자기 구원의 방법은 운명에 대한 긍정과 따뜻한 사랑이었던 것이다.

또한 이는 진솔한 자아 성찰과 통렬한 참회의 과정을 겪으면서, 변증법적 자기 극복과 초월의 노력으로 마침내 획득한 것이라는 점에서 참된 생명력을 지닌다. 이는 윤동주의 시가 단순한 운명 감수의 태도가 아니라 그 극복과 초월에 목표를 두었기 때문이다.

이 작품은, 시집 전체의 내용을 개략적으로 암시하고 있으며, 존재론적 고뇌를 투명한 서정으로 이끌어 올림으로써 광복 후 혼란한 시대에 방황하는 이 땅의 많은 젊은이들에게 따뜻한 위안과 아름다운 감동을 불러일으킨다.[7]

---

7) 한국민족문화대백과, 한국학중앙연구원, http://encykorea.aks.ac.kr에서 작품 해설 참고.

다시 쓰는 푸른 꿈

박 은 미

칠흑 같은 땅에서 묵혀진 꿈으로
살아온 세월 모두 품어 삼키고
홀로 높아지기까지

어느 한 순간 쉬운 날이 없었다
어쩌지 못한 채 간직한 유년의 아픔
살기 위해 힘겨웠던 눈물
울긋불긋 저린 가슴
심장에 박힌 녹슨 대못

그 안개 같은 세월들
한 올 한 올 풀어서 불멸의 밤들에 불 밝히며
마음 구석구석 들추어 꺼내 놓은

오늘의 책 한권

그대의 아픔은 추억으로

그대의 눈물이 희망이 되어
그대의 가슴은 온기를 되찾고
그대의 심장엔 별이 새겨진다

다시 꾸는 영혼의 이 푸른 꿈들이
한 자 한 자 모여서
이제 문학의 참꽃으로 피어나라

시작노트

비록 오늘은 생계라는 일상을 살고 있는 어른이지만 어릴 적에는 책을 읽으며 수많은 꿈들을 꾸었습니다. 다들 그렇게 살아가는 거라고 스스로를 위로 하면서도 자의든 타의든 그 묵혀진 꿈들을 버리지 못하고 내내 품고 있었습니다.

무심한 듯 보냈던 그 세월들을 한 권의 책으로 엮으면서 잠 못 이루던 그날들을 뒤돌아보았습니다. 유년의 아픔도 고달팠던 삶도 사랑에 울던 가슴도 떠나보내지 못한 그리움도 어느 새 추억의 별이 되어 있었습니다.

비록 늦었지만 다시 꾸는 꿈들을 놓치지 않고 피워낼 수 있기를 바라며 출간을 축하하는 시입니다.

줄 넘기

박남숙

늦은 저녁으로 속이 부대낀 남편은 줄넘기를 챙긴다. 중학생 아들도 아빠를 따라 현관문을 나선다. 쓰레기를 버리려 내려가니 남편과 아들이 번갈아 줄넘기를 하고 있다. 아들은 남편의 키와 얼마 차이가 나지 않았다. 매일 보고도 순간순간 자라는 걸 알아채지 못하다 한 발짝 떨어져 보니 훌쩍 커 있었다. 엄마보다 크다며 눈빛을 딱 맞추는 녀석의 눈동자가 내 시선보다 조금 높다. 대견하고 뿌듯했다. 자기보다 작아진 엄마가 만만해 보이는지, 힘자랑을 하려 한 번씩 번쩍 안아대는 통에 깜짝깜짝 놀란다. 남편보다 더 쉽게 줄넘기를 하는 아들을 보며 초등학교 시절이 떠올랐다.

2학년 때였다. 학교 행사로 줄넘기 대회가 있었다. 늦은 밤, 줄넘기하는 법을 가르친다고 떠들썩했다. 양손에 손잡이를 잡고 바닥에서 머리위로 줄을 넘기며 뛰어야 하는데, 아이는 번번이 발에 걸려 한 번도 제대로 뛰지 못했다. 답답한 마음에 시범을 보여준다며 나섰다.

"먼저 뒤에서 넘어오는 줄을 앞에 멈춰놓고, 두발로 폴짝 뛰면서 다시 줄을 돌려봐."

맨바닥에 줄을 내려놓고 제자리 뛰기 연습부터 시켰다. 몇 차례 시범을 보인 후 뛰게 했다. 아이는 줄이 발 앞에 오기도 전에 뜀박질하다 걸리고, 넘어온 줄을 덤벙대다 걸리기를 여러 번. 보다 못한 나는 버럭 언성을 높이고 말았다. 화들짝 놀란 아이는 줄넘기를 팽개치고 말았다.

탁 탁 탁 탁

타닥 타닥 타닥

바닥에 매끄럽게 부딪히는 줄넘기 소리에 아들의 가벼운 몸놀림이 더해져 경쾌한 리듬을 만들어 낸다. 2단 뛰기, 3단 뛰기의 재주까지 보여준다. 어린 시절 줄넘기를 못한다고 윽박질렀던 미안함에 과하게 칭찬을 해준다. 아들은 어깨를 으쓱이며 줄을 넘는다.

모든 것은 때가 있다. 그 시기를 기다려야하지만 조급함에 아이 앞에 놓인 줄을 먼저 뛰어주었던 지난날들……. 내 앞을 가로막고 있는 줄, 뛰어넘어 보려 해도 장애물에 걸려 의연히 대처하기 힘들다. 자신의 줄도 건너뛰지 못한 채 아이에게 줄을 넘어라 채근하고 강요하는 못난 엄마의 역할에서 언제쯤 벗어날 수 있을지.

줄넘기는 줄을 넘는 것이다. 살다보면 넘어야 할 인생의 줄들은 무수히 많다. 하나를 넘었다 싶으면 또다시 앞에 놓여 진 줄들. 지레 겁먹지 말고 발목에 걸린 일들인 양 가볍게 넘겨 버릴 수 있는 강단을 길러주고 싶다. 넘어오는 줄들 속에 쉽사리 지치지 않는 마음의 끈기를 키워주고 싶다.

타다닥 타다닥 타다닥

2015 수성소식지 10월호 수록작

작품으로 나 찾기

내가 어떤 것을 좋아하고 원하는지, 무엇을 하고 싶은지에 대한 나의 생각을 깊이 들여다보는 일이 바로 나를 찾는 일의 시작점이라 할 수 있다. 남의 시선을 의식한 채 내가 원하는 것을 우선순위에 두지 않으면 우리는 길을 잃고 만다. 나를 찾는다는 것은 나를 잘 들여다보는 힘을 기르는 것이다.

여러 방법이 있겠지만 작가는 수필이라는 작품을 통해 나를 찾고 있다. 줄넘기라는 작고 사소한 경험을 통해 엄마의 역할이 어떤 것인지 스스로 반문하고 뒤늦게 깨달아간다. 줄넘기는 단순히 줄을 넘는 동작이 아닌 인생을 살면서 우리에게 다가올 삶, 그 자체임을 말하고 있다. 작가는 제목에서 줄넘기의 동작이 아닌 삶의 줄을 의미하는 '줄 넘기' 라 칭하고 있다.

수필은 일상의 경험을 토대로 한 깊은 사유의 과정이다. 체험 속에서 깨닫는 인생의 깊은 맛을 자기성찰의 과정으로 녹여낸다. 작품을 쓰다보면 어떤 자세로 삶을 살 것인지, 어떤 인생을 추구할 것인지를 고민하게 된다. 곰곰이 생각하고 관찰하는 시간에 비례해 작품의 농도가 좌우된다. 작가에게 수필은 나를 찾아가는 과정에서 훌륭한 매개체 역할을 하고 있다.

글쓰기나 책 쓰기 이외에 음악, 미술, 스포츠 등 다양한 활동들이 나를 찾는 도구가 될 수 있다. 좋아하는 활동들을 통해 삶을 주체적으로 살기를 희망한다.

성격유형검사
롤모델 찾기
30년 후의 나

『성격을 읽는 심리학』[8]은 데이비드 커시, 메릴린 베이츠의 공저로 사람의 성격을 읽을 수 있는 방법을 제시하는 책이다. 저자는 칼 융의 심리유형론을 토대로 만들어진 MBTI를 재해석하여 자신의 기질분류 검사를 만들어냈다. 70문항으로 이루어진 '커시 기질분류 검사'는 심리학계에서 MBTI와 더불어 그 권위를 인정받고 있다.

MBTI는 캐서린 브릭스(Briggs, K.)와 그의 딸인 이사벨 마이어스(Myers, I. B.) 모녀가 개발한 대표적인 성격유형검사이다. 정신과 의사인 융(Jung, C. G.)의 심리유형론을 근거로 하는 심리검사이다. 각 개인이 인식하고 판단할 때 선호하는 경향을 힘을 발휘하는 성향(외향형과 내향형), 정보를 지각하는 성향(감각형과 직관형), 의사결정을 내리는 성향(사고형과 감정형), 라이프스타일 성향(판단형과 인식형) 등 각각 2가지로 구분된 4개의 선호경향에 따라 파악한다. 이를 바탕으로 개인의 성격, 흥미 등의 특성과 함께 선호하는 작업환경 및 직업에 대한 정보를 제공하는 것이다.[9]학생들의 자기

8) 데이비드 커시, 메릴린 베이츠, 『성격을 읽는 심리학』, 행복한 마음, 2006.
9) 한국기업교육학회, HRD 용어사전, (주)중앙경제, 2010.

이해를 위해 두 검사를 활용하였다.

롤모델은 내가 살고 싶은 삶의 모습을 제시해 준다. 위인이든 주변의 인물이든, 과거의 사람이든 현재의 사람이든 자신이 막연하게 어떤 일을 할지, 어떤 모습으로 살지 생각하는 학생들에게 조금 더 구체적인 미래의 그림을 그릴 수 있도록 한다. 그런 의미에서 내가 닮고 싶은 사람은 누구인지 어떤 삶을 살았는지 조사해보는 일은 의미가 있다.

30년 후의 내 모습을 상상해 보는 것은 내 미래에 대한 큰 그림을 그리는 일이다. 내가 지금 꿈꾸고 있는 미래가 정말 내 눈앞에 펼쳐지는 순간을 상상하고 미리 경험해 보면 어떤 것이 준비되어야 할지 어떤 것이 빠져 있는지를 알 수가 있다.

또 여러 번 반복해서 미래의 모습을 상상하면 꿈은 현실이 된다는 말이 있듯이 정말 내가 원하는 삶은 어떤 모습인지를 스스로 설계하고 상상할 때 그것을 이룰 힘이 생기는 것이다. 원하는 삶을 살고 싶다면 먼저 꿈부터 꾸어라.

생각
선택하기 : 성격유형검사

나의 성향은

이인석

나의 성향을 성격유형검사로 알아보면 INTJ, ISTJ로 두 가지 성향이 나오는데 각각 "용의주도한 전략가", "청렴결백한 논리주의자"이다.

내가 생각하기에 나의 성향은 "용의주도한 전략가"에 가깝다. 왜냐하면 밑에 있는 부가적 INTJ의 설명에는 '상상력이 풍부하여 철두철미한 계획을 세우는 전략가형'이라고 되어있는데 ISTJ의 설명보단 INTJ의 설명이 나와 더욱 비슷하기 때문이다.

조금 더 자세히 INTJ의 설명을 보면 "계획 달성을 향한 돌진", "돌부처와 같은 원칙주의자", "혼자 보내는 깨달음의 시간"이 부제목으로 각각 적혀있는데 셋 다 나와 비슷하다고 생각한다. 내가 생각하는 나의 성격은 되도록이면 계획 달성을 향해서는 노력을 하는 편이고 원칙도 깐깐하게는 아니지만 원칙을 잘 지킨다. 또한 다른 친구들과 시간을 같이 보내는 것을 좋아하긴 하지만, 혼자 있을 때는 깨달음을 얻기도 한다.

하지만 "혼자 보내는 깨달음의 시간" 이라는 부제목 속 내용에는 '잡담이 그저 낯설기만 하다.' 라는 구절이 나오는데, 나는 잡담을 엄청 좋아한다. 혼자 보내기보단 다른 친구들과 야외 활동을 추구하는 편이다.

그래서 "혼자 보내는 깨달음의 시간" 이라는 부제목은 나와 비슷한 면도 있고 비슷하지 않은 면도 있는 것 같다. 그렇지만 다른 면들은 나와 비슷한 내용들 같다.

현재는 ISTJ 성향보다는 INTJ 성향이지만, 나중에 나의 성격이 주변 인물이나 사물을 통해 바뀔 수도 있다. 그래서 현재는 현재로만 이 성향을 알고, 나중에도 한 번 이 성격유형검사를 해볼 것이다.

생각 선택하기 : 롤모델 찾기

나의 롤모델

최영규

스티브 워즈니악이라는 사람을 아는가?

그는 스티브 잡스가 애플을 창시할 때, 실질적인 도움을 주었던 사람이다. 애플을 스티브 잡스가 만들었다고 믿는 사람들이 많지만, 사실 스티브 워즈니악이 더 큰 비중을 차지한다. 요즘 컴퓨터는 모니터가 필수다. 이 모니터가 달린 컴퓨터의 특허를 낸 사람이 바로 이 스티브 워즈니악이다. 만약 스티브 워즈니악이 이 같은 모니터가 달린 컴퓨터를 발명하지 않았다면, 컴퓨터 산업은 정말 늦게 발전되었을 것이다.

그는 뛰어난 기술을 가지고 있으면서도 항상 유머러스함을 잃지 않았다. 나도 그처럼 고도의 기술, 능력을 가지면서도 다른 면을 가지고 싶다.

그 후 워즈니악은 비행기 사고로 기억상실증을 얻게 되고, 치료한 후에 회사에 돌아왔다. 하지만 정치나 경영에 몰두하는 회사의 모습에 실망하여 사표를 내고 사퇴한다. 워즈니악은 개발에만 전념하고 싶었다고 한다. 자신의 분야에만 집중하고 다른 사사로운 것은 생각하지 않는 모습이 정말 멋있었다.

생각 선택하기 : 30년 후의 나

30년 후에 내가 신문에 나온다면

박경민

내 장래희망이 아직까진 정해지진 않았지만 한 달 전 진주에 있는 공군항공과학고등학교 입학설명회가 있어 가족 모두 진주에 가게 되었다. 어떻게 하면 그 학교에 합격할 수 있는지와 졸업 후 진로, 기타 등등을 알 수 있게 되어 나에겐 뜻깊은 시간이 되었다.

만약 30년 후, 정확히 45살이 되어 신문에 나온다는 것은 나에겐 기쁜 일이다. 하지만 내가 나쁜 짓을 했거나 안 좋은 일이 있었을 시에는 참으로 부끄러운 일일 것이다. 그래서 이 주제에 대해 나는, 나의 행동에 따라 신문에 나왔을 때 기쁘거나 부끄러운 일이 일어날 것이라고 생각한다.

신문에 나오기 위해서는 항상 내 꿈을 향해 노력해야 하고 포기하지 않는 끈기가 있어야 한다. 그렇지 않으면 절대로 신문에 나올 수는 없다고 생각한다.

아래는 내가 실제로 신문에 기사가 났을 때를 예상하여 가상 대화를 한 것이다.

기자 : 아, 지금 막 대한항공 관제센터장이신 박경민 씨가 오고 있는 중입니다. 잠시 인터뷰를 하도록 하겠습니다. 박경민 씨, 어떻게 해서 이렇게 유명한 항공관제센터장이 되셨습니까?

박경민 : 제가 잘할 수 있는 게 무엇일까? 하고 고민하다가 찾은 것이 바로 항공관제를 통해 비행기 충돌 사고, 항공기 추락 등 안전사고를 방지할 수 있는 시스템을 구축하는 것이었습니다. 이 시스템을 구축하면서 비행기 운행 관련 안전사고가 대폭 줄어들면서 제 입지를 굳히게 되었지요.

기자 : 아, 그렇군요. 정말 대단하시네요. 마지막으로 한 말씀 하시죠.

박경민 : 앞으로 우리나라 하늘을 더욱더 안전하게 지키고 같이 일하는 사원들에게 항상 모범이 되는 게 제 목표입니다.

기자 : 네, 감사합니다.

이처럼 난 항상 남들에게 비난받거나 부끄러운 일을 해서 기사에 나는 것보다는 착하고 좋은 일을 많이 해서 기사에 나는 게 자랑스럽다고 생각한다. 앞으로 생각하면서 행동해야겠다.

함께하는 인문학 토의 넷

역할과
강점찾기

생각 열기

나는 앞으로 어떻게 살아야 할까에 해답을 얻으려면 먼저 나는 어떤 사람인지를 이해해야 합니다. 지난번에 토의한 것처럼 세계를 어떻게 볼 것인지, 트라우마를 나는 어떻게 해석하고 있는지, 열등감 때문에 힘든 적은 없었는지 나의 과거를 돌아보는 것도 나를 이해하는 과정입니다.

이번에는 더욱 적극적으로 나를 이해하기 위한 생각들을 해볼 겁니다. 먼저 나는 타인과의 관계에 있어 어떤 역할을 하는지, 어떤 강점이 있는지를 찾아봅시다.

내가 지금 하고 있는 역할들은 내가 좋아서 하고 있는 건지, 어떤 이유로 선택한 것인지를 이해하면 내가 어떤 사람인지에 한 발짝 더 가까이 다가갈 수 있지 않을까요?

생각 나누기

선생님 : 오늘은 나를 이해하기 위한 방법으로 자신이 평소 다른 사람과의 관계에서 어떤 역할을 하고 있고, 어떤 강점을 가지고 있는지에 대해 이야기 해볼게요.

학생 1 : 저는 다른 친구가 논리적이지 못한 말을 할 때 그 논리를 제대로 잡아주는 역할을 하는 것 같아요. 말싸움을 좋아하는데 재미있거든요. 좋게 보면 관찰력이나 비판력이 좋은 거지만 그것 때문에 친구들과 등을 지는 경우도 많아요.

선생님 : 그러면 그걸 고쳐야겠다는 생각이 들진 않나요?

학생 1 : 아니요. 아주 심할 땐 그런 생각이 들기도 하지만 대부분 전 그런 제가 좋아요. 다른 사람들이 못 보는 부분을 찾아내는 것도 능력이니까요.

선생님 : 그렇군요. 또 다른 학생은요?

학생 2 : 저는 좀 화합을 시키는 역할인 거 같아요. 사람들과 다투는 게 싫어서 그냥 제가 좀 참으면 모두 잘 지낼 수 있는 상황이라면 그러는 거 같아요.

선생님 : 아, 평화주의자. 근데 그러면 억울한 생각이 들 때는 없나요?

학생 2 : 물론 그럴 때도 있어요. 하지만 심한 경우가 아니라면 제가 조금만 참으면 되니 그게 더 편해요. 가족들의 부탁을 잘 들어주고 착하게 사는 게 저는 편해요.

학생 1 : 하지만 그러면 다른 사람들이 그걸 모를 수도 있잖아.

학생 2 : 응, 근데 그럴 땐 이야기를 하기도 하고 그냥 내버려 두기도 해. 싸우는 거보다는 그게 더 편하니까.

학생 3 : 저도 그래요. 다른 사람들이 싸우면 중재를 잘하거든요. 그래서 저는 미래에 협상전문가가 되고 싶어요.

선생님 : 네, 그렇군요. 그것도 좋은 생각이네요. 또 다른 학생은요?

학생 4 : 저는 아주 사교적인 거 같아요. 처음 보는 사람과도 금방 친해지고 새 학기가 되면 새로운 친구들도 금방 사귀거든요.

학생 5 : 맞아, 넌 정말 너무 나대는 거 같아. 흐흐

학생 4 : 나댄다고? 내가 좀 그렇긴 하지. 근데 난 가만히 있으면 입이 근질근질하거든.

학생 5 : 그래도 네가 먼저 다가와 주니까 먼저 나서지 못한 애들도 잘 어울리잖아. 좋은 점이기도 한 거 같아.

학생 6 : 나도 인정.

선생님 : 네. 사람들과 금방 친해지고 서로 터놓게 하는 역할이라. 아주 외향적 성향의 대표적인 인물이라 할 수 있겠네요. 또 다른 학생들은요?

학생 6 : 전 장남이라 책임감이 강하고 바른 생활을 하려고 노력하고 있어요. 어떤 때는 좀 불편하기도 하지만 그래도 바른 생활을 하는 게 더 마음이 편해요.

학생 7 : 맞아요. 쟤는 정말 바른 생활밖에 몰라요. 예의바르고 글씨도 바르게 쓰고요.

학생 8 : 맞아, 맞아.

학생 9 : 저는 강점이 뭔지 잘 모르겠는데 이야기를 듣다 보니 자신감이 있는 게 강점인 거 같아요. 그냥 다른 건 세상이 바라는 사람으로 사는 거 같고요.

학생 7 : 자신감, 좋지. 저는 남을 배려하고 긍정적으로 생각하려는 게 강점이자 역할인 거 같아요. 좋은 게 좋은 거니까요.

선생님 : 좋은 게 좋은 거다. 네 또 다른 학생은요?

학생 10 : 저는 화를 잘 내지 않는 게 강점인 거 같아요. 그래서 가

족들에게는 다정한 아들이고요.

선생님 : 그렇군요. 다들 많은 관계 속에서 자기의 역할을 알고 살아가고 있어요. 자, 그럼, 나를 잘 모르는 사람들이 읽었을 때 단번에 '나' 라는 사람에 대해서 알아갈 수 있도록 자신의 역할과 강점에 대해 글로 풀어볼까요?

생각 선택하기 : 역할과 강점 찾기

나의 4+2 = 6가지

최민수

나의 역할은 4가지로 나눠진다.

첫 번째는 아들의 역할이다. 언제나 아침, 저녁 때 부모님과 있는 시간이 많아진다. 그래서 항상 아들로서 부모님이 힘든 집안일이나 도와드릴 것을 도와드리고 집에서 내가 해야 할 것, 예를 들어 공부나 숙제를 함으로써 미래에 부모님께 효도를 해 드리기 위해 노력하고 있다.

두 번째는 학생의 역할이다. 언제나 학교에 오면 많은 선생님들에게 인사를 드린다. 선생님들 한 분 한 분 고개를 숙이며 인사를 하면서 친목 관계를 쌓는 것은 아주 중요한 것이다. 선생님들 앞에서는 학생이므로 언제나 밝은 웃음으로 선생님의 수업을 듣고 인사를 한다.

세 번째는 동생의 역할이다. 나에겐 나이차가 많이 나는 형이 하나 있다. 그래서 언제나 형과의 시간을 보내기 위해 서로 양보하고 동생의 역할로 형과 대화를 많이 하고, 같이 있고, 많이 웃고 등등 동생으로서 형에게 많이 배려를 하고 있다.

네 번째는 네티즌 모임의 한 구성원이다. 휴대폰으로 많은 사람들과 대화하고, 카페를 만들어 많은 사람들과 소통을 한다. 그러다 보니 현재의 나의 성격이 아닌 사이버에서만의 다른 성격이 나온다. 가끔 실제로 만나는 사람들이, 내가 사이버로 많은 사람과 소통하면 신기해한다.

다음으로 나의 강점은 2가지인 것 같다.

첫 번째로는 남을 배려하는 마음이 강한 것 같다. 무엇이든지 나보다는 남을 먼저 생각하고, 내가 희생되더라도 남이 행복하다면 나도 기쁜 것 같다. 뭐든지 다른 사람이 웃으면 나도 웃고, 다른 사람이 울면 나도 울고, 뭐든지 남을 배려하는 마음이 강한 것 같다.

두 번째로는 언제나 긍정적으로 생각한다. 웃음을 지으며 뭐든지 기분 좋게 소화하려는 것 같다. 남이 불안하거나, 힘들 때는 언제나 위로하는 말을 건네주고, 토닥여준다. 아무리 나쁜 상황에 놓여도 뭐든지 최상의 방법을 찾아보고, 분위기를 밝게 만들려고 노력한다.

장자

장자가 누더기처럼 기운 옷을 입고 삼끈으로 얽어 맨 신발을 신고서 위나라 혜왕의 곁을 지나간 적이 있었다. 그때 혜왕이 말했다.

"선생은 어째서 이렇게 지친 것이오?"

이 말을 들은 장자가 이렇게 말했다.

"가난한 것이지 지친 것이 아니외다. 선비가 도와 덕을 지니고 있으면서도 이를 행하지 못했을 때 지쳤다고 하는 것입니다. 옷이 해지고 신발에 구멍이 난 것은 가난한 것일 뿐 지친 것이 아니외다. 이는 곧 때를 만나지 못했음을 말하는 것일 뿐입니다. … 지금처럼 군주가 어리석고 신하들이 혼란스러운 시대에 지치지 않으려 한다고 해서 어찌 그럴 수가 있겠습니까? 저 비간(比干)과 같은 충신이 심장을 도려내는 일을 당한 것을 보면 분명하지 않습니까!"

지난 20세기 한국에서 『장자』는 그동안 강력한 사회 비판과 해방의 철학, 자유와 평등의 옹호자, 미신적 세계관으로부터 벗어난 합리적 자연관의 대명사였다. 특히 이데올로기화된 권위주의적 사상에 대한 비판 철학으로 커다란 가치를 부여받았다. 마치 『장자』에 나오는 갖가지 비유적 이야기들이 전통 문인의 작품 창작에서 중요한 소재가 되었듯이, 독재와 참혹한 현실에 찌든 사람에게 마음의 위안이자 지혜의 보고였다. 수많은 얼굴로 이해되었던 『장자』가 21세기에는 또 어떻게 비쳐질까? 아마도 그 또한 우리의 얼굴이지 않을까?[10)]

* 저자 소개 : 장자[11)]

장자는 이름이 주(周)이고, 전국시대(기원전 475~221년) 몽종(蒙從, 지금의 하남성과 안휘성 경계 지점) 사람이었다. 대략 기원전 369년에 태어나 기원전 286년에 세상을 떠난 것으로 알려져 있다. 맹자(기원전 약 372~289년)와 동시대 사람이며, 명가(名家)의 대표적 인물인 혜시(기원전 약 370~310년)는 그의 가장 친한 친구였다.

어려서는 너무나 가난해 쌀을 꾸어다 끼니를 때우거나 짚신을 꼬아 내다 팔아 생계를 유지하기 일쑤였다. 평소 옷을 누추하게 입었는데, 언젠가 한번은 위나라 왕을 만나러 갈 때도 더덕더덕 기운 옷을 입고 갈 정도였다.

---

10) 권중달 외 14인, 『동양의 고전을 읽는다』, 휴머니스트, 2006.
11) 차이위치우 외, 김영수, 『5000년 중국을 이끌어온 50인의 모략가』, 도서출판 들녘, 2005 참고.

장자는 사상적으로는 노자를 이어받았다. 그러나 진·한 시대에 와서야 비로소 '노·장'이 함께 사람들의 입에 오르내렸다. 두 사람의 사상은 같은 궤적을 나타내고 있지만 표현방식이 서로 달랐다. 노자가 시적인 잠언형식으로 자신의 사상을 표현한 반면 장자는 주로 산문형식의 우화로 표현했다. 따라서 장자의 사상은 그 언어가 생기 넘치고 발랄했으며, 유머러스하면서도 많은 은유와 비유를 통해 심오한 사상을 반영했다.

장자 역시 노자처럼 '부러 일삼지 않아도 다스려진다'는 '무위이치(無爲而治)'를 주장했다. 『장자』「외편」 곳곳에 보이는 '무위(無爲)'와 관련한 내용들이 엿보이며 장자는 천하를 대할 때는 '무위'로 너그럽게 대해야지 '유위(有爲)'로 다스려서는 안 된다고 한다. '무위'로 다스리면 천하의 모든 사람이 자신의 본성에 따라 순박한 도덕성을 지키며 그러면 따로 다스릴 필요가 없어진다는 것이다.

물론 장자의 사상은 나름대로 한계점도 갖고 있다. 그의 기본사상은 상대주의로, 만물은 '변화하지 않는 움직임이란 없고, 한 순간도 쉬지 않고 옮겨가고 있는' 중에 있기 때문에 그 성질과 존재는 일시적이라는 것이다. 그는 또 '모든 것은 크고 작은 것이 있고', '모든 것은 태어남과 죽음이 있다'고 주장한다. 그러면서 인식의 객관적 표준을 부정한다. 이른바 "이것도 바르다 할 수 있고 저것도 바르다 할 수 있으며, 이것도 틀렸다 할 수 있고 저것도 틀렸다 할 수 있다(「내편」)"는 것이다.

그럼에도 장자의 사상에는 틀림없이 적극적인 면이 있다. 그는 당시 사회를 "쇠붙이 하나를 훔친 자는 죽음을 당하고 나라를 훔친 자는 제후가 되는(「외편」)" 불합리한 현상을 뼈저리게 그리고 냉철하게 폭로하면서, 통치자에게 협력할 것을 거부했다.

장자의 말 속에는 정치·군사·철학 등의 분야와 관련된 모략사상이 적지 않다. 유가 일변도의 편협과 경색에 숨통을 트게 하는 일침(一針)이 곧 장자 모략사상의 진수다. 산문형식에 생동감 넘치는 문체는 심오한 철학사상으로 인정받고 있으며, 오늘날까지 많은 사람들의 입에 오르내리고 있다.

필요로 하는 것을
주어야

생각 열기

장자가 감하후(監河侯, 화하를 감시하는 관리)에게 양식을 꾸어 달라고 부탁했습니다. 그러자 감하후는 자신의 봉읍(封邑)에서 세금이 걷히는 대로 3백 금을 꾸어 주겠다고 합니다.

화가 난 장자는 조그마한 물웅덩이에서 버둥거리고 있는 붕어 이야기를 합니다. 다급한 붕어에게 형편이 하도 딱해 보여, 당장 오나라와 월나라로 가서 서강(西江)의 물줄기를 끌어들여 큰물로 옮겨 가도록 해 주겠다고 말했더니 붕어는 차라리 어물전에 가서 누워 있는 편이 낫겠다고 합니다. 이것은 무엇을 의미하는 것일까요? 이처럼 장자는 비유를 통해 자신의 생각을 전달하는 방법을 많이 씁니다.

이 이야기에서 붕어에게 필요한 건 지금 지내기에 아쉽지 않을 만큼의 물이며 그건 지금 당장 주어질 때 의미가 있는 것이라는 겁니다. 그럼 여기에 대해 서로 이야기 나눠볼까요?

생각 나누기

선생님 : 자, 무슨 얘기하고 있는 것 같은지 이야기해 봅시다. 이거 읽어 보니까 무슨 얘기하는 것 같아요?

학생 1 : 지금 닥치는 게 중요하다.

학생 2 : 너무 지나치다.

선생님 : 과유불급이다. 너무 지나쳐서 과유불급이다. 또? 또 어떤 얘기하고 있는 것 같아요? 그때그때 필요할 때 해야 된다. 뭐해 준다고 했지요?

학생 3 : 300금을 꾸어준다고 했어요.

선생님 : 내 봉읍에서 세금이 걷히는 대로 300금을 꾸어주지. 그거면 되겠는가? 중간에 붕어 얘기는 뭐예요?

학생 6 : 빗댄 거예요.

선생님 : 그렇지요. 비유지요.

학생 2 : 예를 들면 어떤 걸까요?

선생님 : 옆에 친구한테 '어이, 친구! 나 지금 빵 사먹으려는데 오백 원이 모자라 오백 원만 빌려줘.' 근데 옆에 친구가 뭐라는 거야? '나 엄마한테 일주일 뒤에 오만 원 받을 일이 있는데 그때 내가 이만 원 빌려줄게. 이런 상황인 거야. 이런 상황이고 이런 생각을 하면 뭐가 문제가 될까요, 비슷한 상황을 얘기해 봅시다.

학생 3 : 큰 그림을 못 그려요.

선생님 : 작은 걸 봐서 큰 그림을 못 그린다. 또 뭐가 있을까요?

학생 4 : 믿을 수 없어요.

선생님 : 믿을 수가 없다. 지금 당장 안 주고 나중에 준다는데 줄지 안 줄지 그때 돼 봐야 아니까.

학생 5 : 지금 필요한 걸 해결할 수가 없어요.

학생 6 : 지금 바로 해결해 주지 않으면 안 되는 상황인데 나중에 해가 올 수도 있어요.

선생님 : 지금 난 당장 필요한데 지금 필요한 걸 해결할 수가 없다. 여기 비유에 나오는 것에는 나는 요만큼 빌려 주세요 했지만 비유에 나오는 건 붕어였잖아. 붕어는 물이 없으면 어떻게 되지?

학생 7 : 죽어요.

선생님 : 죽지. 우리 좀 극단적으로 생각하면 좀 더 위기 상황으로 생각해 보자. 더 위기 상황이야. 이런 식으로 대처하면 어떻게 되겠어? 한강에 뛰어내리려는 상황인데 일주일 후에 훌륭한 구조원이 오니까 그때까지 좀 기다리고 있어. 뭐 이러면. 네 문제는 그때 해결해 줄게. 그대로 뛰어내리면 끝나잖아. 그렇지?

또는 응급한 환자가 되든지 뭐가 되든지 지금 굉장히 위급한 상황이어서 바로 해결해 주지 않으면 안 되는 상황일 때 이런 식으로 더 준비되면 그때 해결해 줄게. 이렇게 되면 단순히 불신의 문제가 아니라 목숨이 왔다 갔다 할 수도 있는 부분인 거지.

학생 8 : 맞아요. 지금 안 주면 죽어요.

선생님 : 그리고 그 사람이 바라는 게 뭐야. 큰 걸 바라는 게 아니라 요만큼 있으면 돼. 지금 요만큼 있으면 된다는데 나중에 이만큼 더 줄 테니 지금은 못 준다. 나중에 이만큼이 지금 요것보다 못하다는 거지. 지금 당장 필요한 거.

그럼 우리 이 이야기를 통해서 이걸 만약에 친구 사이로 접근해서 들어가면 어떻게 연결할 수 있을까? 나 당장 필요한데 나 요만큼 필요한데 어떤 이야기가 있을 수 있을까?

학생 1 : 학원이 급한데 오늘 마침 청소당번이라 좀 바꿔달라고 했는데 친구가 일주일 뒤에 바꿔 줄게 하는 상황이랑 비슷해요.

선생님 : 나 오늘 당장 청소를 바꾸고 가야될 급한 상황인데 일주일 뒤에 바꿔 줄게. 나는 일주일 뒤에는 필요 없는데 그런 상황이 벌어질 수 있다. 또?

학생 9 : 오늘 미술 시간에 당장 써야 되는 붓이 필요한데 친구가 다음에 빌려 줄게 하는 거요.

선생님 : 다음에 빌려줄게 하면 소용이 없다. 그러려면 결국은 그 현재 상황 파악을 잘해야 되는 상황이다. 그렇지? 지금 굉장히 급박하게 필요한 건지 시간을 두고 미뤄도 되는 것인지 바로 해결해야 되는 것인지.

현재의 상황판단을 잘해서 거기에 대한 어떤 대처를 해야 되는 거란 얘기네. 내가 아무리 많이 주고 더 좋은 걸 줘도 지금 현재 상황과 그때 어떤 사건 이런 것들과 맞아 떨어지지 않으면 무용지물일 수 있다는 거지.

그럼 친구에게 도움을 줄 때도 우리는 어떻게 해야 된다? 제일 첫 번째로 뭘 해야 되는 걸까?

학생 4 : 상황을 잘 살펴야 해요.

학생 5 : 얼마나 급한 건지 언제 필요한지 따져봐야 해요.

선생님 : 그렇지요. 상황파악을 제대로 해야 되는 거지. 지금 친구와 나 사이에 어떤 일이 벌어지고 있는지, 지금 우리 앞에 어떤 문제가 놓여 있는지. 그거를 언제 어떻게 해결하는 게 좋은지 모든 것들에 대한 확실한 상황파악을 먼저 하고 거기에 적합한 대처를 하는 것이 좋겠다는 거네요. 자, 이런 것들에 대해 자신의 생각을 적어볼까요?

생각 선택하기 : 필요로 하는 것을 주어야

필요할 때 필요로 하는 것을 주는 것

금성동

이런 말이 있다. "필요할 때 친구가 진정한 친구다." 나는 이 말에 전적으로 동의한다. 사실 이런 경우를 겪어 보지는 않았지만 충분히 공감이 간다. 예를 들어 내가 성인이 되어 누군가의 도움이 절실히 필요할 때가 있다고 하자. 돈을 빌릴 수도 있고, 다양한 상황에 따라서 무언가가 필요해질 때가 있을 것이다. 이런 예기치 못한 상황에 도움을 줄 수 있는 친구가 진정한 친구다.

진정으로 필요할 때는 주지 않고 좀 기다리면 더 큰 도움을 준다고 했을 때 그것은 바람직하지 않다. 도움이 필요한 때는 지금이고 지금 도와주지 않는다면 내가 위험한데 어떻게 기다리라 할 수 있는가? 설령 다른 시간에 내가 원하는 도움보다 더 큰 도움을 준다고 해도 그것이 바람직할까? 그렇지 않다. 내가 원하지 않는 시간에 바라는 도움보다 더 큰 도움을 얻었을 때에는 받는 사람이 많은 부담이 될 것이다.

필요할 때 필요로 하는 것을 알맞게 주는 것이 제일 좋다. 그것이 진정한 도움을 주는 것이다.

사기열전

「사기열전」은 중국 전한(前漢)의 역사가 사마천(司馬遷)이 저술한 역사서 「사기(史記)」 중 정수로 평가되는 중국의 고대 인물들을 다룬 개인의 전기이다. 「사기」는 B·C 90년경에 완성된 중국의 역사서로, 〈본기(本記)〉 (12권), 〈표(表)〉 (10권), 〈서(書)〉 (8권), 〈세가(世家)〉 (30권), 〈열전(列傳)〉 (70권) 등 전130권으로 이루어져 있다.

이 가운데 〈열전〉은 그 시대를 상징하는 다양한 인물들의 활동을 통해 인간 삶의 문제를 집요하게 추구한 개인 전기이다. 「사기」의 반 이상을 차지하는 방대한 분량으로서, 고대 중국의 일세를 풍미했던 인물들의 일화가 내용의 주를 이루고 있어 당시의 사회 전반을 파악하는 데 큰 도움을 주는 것으로 평가된다.

이 역사서는 「사기」의 제61권 〈백이열전(伯夷列傳)〉을 첫째 편으로 시작해 〈관안열전(管晏列傳)〉, 〈노자한비열전(老子韓非列傳)〉, 〈오자서열전(伍子胥列傳)〉 등 총 70편으로 이루어져 있으며, 「사기」를 집필한 목적과 의도를 자세히 밝히고 있는 제130권 〈태사공자서(太史公自序)〉로 끝을 맺고 있다.

사마천은 첫 편인 〈백이열전〉에서 주나라 백성이 되는 것을 부끄럽게 여겨 수양산에 들어가 굶어 죽은 백이·숙제의 비통한 운명을 논하며 부조리한 세상사에 대한 울분을 토로하고, 아울러 궁형(宮刑)을 당한 자신의 억울한 처지와 유사하다는 데서 비롯된 동류의식을 반영하고 있다.

역사가로서의 사명감으로 비극적 운명을 감내한 사마천은 인생의 궁극적 의문을 탐구하는 자세로 기전체의 역사서를 집필했으며, 모순으로 가득 찬 역사적 현실에서 자신의 길을 헤쳐나간 수많은 인물을 그려냄으로써 스스로 그 해답을 찾고자 하였다.

사마천의 세계관과 인생관을 엿볼 수 있는 '사기열전'은 격동기를 살다간 다양한 인간상과 인간관계를 통해 인간의 본질을 날카롭게 추구한 「사기」의 정수로서, 시대를 초월해 21세기를 살아가는 현대인에게 윤리적·사회적·정치적 가치 체계를 확립하는 데 하나의 전범으로 제시된다.[12)]

＊저자 소개 : 사마천[13)]

성은 사마(司馬)이고, 이름은 천(遷)이다. 섬서성(陝西省) 용문(龍

12) 류은주 외, 『모발학 사전』, 광문각, 2003.
13) 김영수, 『현자들의 평생공부법』, 역사의아침, 2011과 편집부, 『국가급 중국문화유산총람』, 도서출판 황매희, 2010 참고.

門 : 현재 韓城縣)시 하양(夏陽) 출생이다. 출생 연대는 B.C. 145년 또는 B.C. 135년이라는 두 설이 있으며, 사망 연대는 미상이다. 그의 집안은 대대로 주나라 역사가로 활동해 왔으며, 아버지인 사마담은 태사령으로서 전한의 천문, 역법 등을 관리하는 직책을 가졌는데, 그가 죽은 뒤에는 사마천이 뒤를 이어 태사령으로서 공직에 임했다. 아버지의 학문과 사상에서도 깊은 영향을 받았다. 사마담은 천문과 역학은 물론 도가(道家)까지 두루 섭렵한 뛰어난 학자였다. 태사령의 벼슬에 있던 사마담은 생전에 역사서 저술에 뜻을 두었으나 이루지 못하고 아들 사마천에게 그 꿈을 물려주었다.

사마담이 자신이 집필을 시작했던 「사기」를 계속해서 편찬하여 완성해 줄 것을 부탁하는 유언을 남김으로써, 사마천은 황실 도서에서 자료를 수집하고 또한 공직을 수행하며 여행하는 동안에도 자료 수집을 멈추지 않았다. 나이 마흔을 넘어섰던 BC 104년 태초력(太初曆)으로 역법을 개정하는 데에 참여하여 완성시키고 난 뒤에 본격적으로 역사서 「사기」를 편찬하기 시작했다.

그러다 기원전 99년 흉노를 정벌하는 전쟁 중에 장군 이릉(李陵)이 패전하여 포로로 사로잡히는 일이 일어났다. 무제는 이 소식을 듣고 매우 노하여 그 처분을 결정하고자 하였는데, 모든 신하들이 이릉을 비난하는 와중에 사마천이 이릉의 충절과 용감함을 들어 두둔하자 더 큰 노여움을 샀다. 때문에 태사령의 직책에서 파면당하고 사형을 선고받았다. 사형을 면하기 위해서는 벌금을 내거나 궁형(宮刑 : 생식기를 제거하는 형벌)을 받아야만 했는데, 남자로서의 그 치욕을 감수하면서도 그는 궁형을 받았다. 아버지의 유지인 「사기」를 편찬하기 위해서였다. 그는 옥안에서도 집필을 멈추지 않았으며, BC 95년에는 다시 무제에게 신임 받아 환관의 최고직인 중서령(中書令)이 되었다.

사마천은 마침내 기원전 91년 경 「사기」를 완성하였다. 기전체를 사용하여 제왕의 역사를 기록하는 〈본기〉와 인물의 전기나 문화사 측면을 다룬 〈열전〉을 합한 것으로 사마 천은 이로써 한 사회의 중요한 사건들과 그 문화를 통틀어 담아내고자 하였다. 그는 「사기」가 완성된 2년 후에 사망하였다.

함께하는 인문학 토의 여섯

백이와 숙제

생각 열기

백이와 숙제는 고죽국 군주의 두 아들인데, 그들의 아버지는 숙제에게 뒤를 잇게 할 작정이었습니다. 그러자 둘은 왕위에 오르려 하지 않고 달아나 버렸습니다. 백이와 숙제는 서백창(西伯昌)이 늙은 이를 잘 모신다는 소문을 듣고 그를 찾아가서 몸을 맡기려고 하였으나 이미 죽고 없었습니다.

그의 아들 무왕(武王)은 은나라 주왕(紂王)을 치려했습니다. 백이와 숙제는 무왕의 말고삐를 붙잡고 간언했습니다.

"아버지가 돌아가셨는데 장례도 치르지 않고 바로 전쟁을 일으키는 것을 효라고 할 수 있습니까? 신하 신분으로 군주를 죽이는 것을 인(仁)이라고 할 수 있습니까?"

하지만 그 의견은 받아들여지지 않았습니다.

그 뒤 무왕이 은나라의 어지러움을 평정하자 천하 제후들은 주나라를 종주(宗主)로 삼았습니다. 그러나 백이와 숙제만은 주나라 백성이 되는 것을 부끄럽게 여기고 지조를 지켜 주나라 곡식을 먹지 않고, 수양산으로 들어가 고사리를 뜯어먹으며 배를 채웠습니다.

공자는 "백이와 숙제는 지나간 원한을 생각하지 않으므로 다른 사람을 원망하는 일이 거의 없었다."라고 했고, "인(仁)을 구하여 그것을 얻었는데 또 무엇을 원망하였겠는가?"라고 했습니다. 그러나 사마천은 백이의 심경이 슬펐을 것으로 봅니다.

또한 백이와 숙제는 비록 어진 사람이기는 하지만 공자의 칭찬이 있고 나서부터 그 명성이 더욱더 드러나게 되었다고 주장하며 다음과 같은 의문을 제기합니다.

시골에 묻혀 사는 사람이 덕행을 닦아 명성을 세우고자 하더라도 덕행과 지위가 높은 선비에 기대지 못한다면 어떻게 후세에 이름을 남길 수 있겠습니까? 그럼 여기에 대해 서로 이야기 나눠볼까요?

생각 나누기

선생님 : 조금 길기 때문에 집중해서 읽어봐야 합니다.

백이와 숙제는 고죽국 군주의 두 아들이라고 했죠. 아버지는 아들에게 왕위를 잇게 하려했는데 아버지가 돌아가시고 나니 백이도 숙제도 왕위에 오르지 않고 달아나 버렸지요. 왕 하기 싫다는 거죠. 그래서 주나라로 문왕 소문을 듣고 갔는데 그 사람은 죽었고 아들이 무왕이 되어 은나라 주왕을 치려했다고 했지요. 옛날에는 나라가 여럿 있었으니까. 제후국들이 있었잖아요? 그때 은나라가 중심이었는데, 그 제후국 중의 하나의 우두머리인 무왕이 은나라를 치는 거죠. 은나라 입장에서 보면 무왕은 뭐예요? 역적이잖아요. 반역자. 그래서 백이와 숙제는 말고삐를 붙잡고 말렸다라고 나와 있어요. 말릴 때 든 근거가 뭐였죠?

학생 1 : 부모님 돌아가셨는데 전쟁을…….

선생님 : 부모님이 돌아가셨는데 그 시기에 전쟁을 일으키면 효라고 할 수 없다.

학생 2 : 신하 나라가 임금 나라를 칠 수 없다.

선생님 : 신하 신분으로 군주를 죽이는 것을 인이라고 할 수 없다. 신하 신분이라는 게 제후국인 작은 나라에서 종주국인 큰 나라를 치는 거란 말이에요. 그런데 무왕이 은나라의 어지러움을 평정하자 무왕이 이기고 은나라가 망해버리는 거지요. 은나라 주왕도 처음에는 잘하다가 마지막 무렵에는 정치에는 관심이 없고 향락에 빠져 어지러운 상황이었단 말이죠.

학생 3 : 정치를 못해서 내쫓는 건 정의 아닌가요?

선생님 : 생각에 따라 그럴 수도 있지요. 그래도 백이와 숙제는 부끄럽게 여겼어. 왜? 신하가 임금을 죽인 거란 말이지요. 우리나라에 비슷한 일이 있었죠. 조선시대의 누구? 이 이야기를 빗대어 그 다음에 이야기하는 게 수양대군이에요. 여기에도 지금 수양산이 나오잖아요.

그래서 우리나라 시조에도 있어요. '이제를 한하노라.' 하면서 나오는 시조가 있는데, 거기에 수양산이 있어요. '수양산 바라보며 이제를 한하노라.' 이때 이제가 백이와 숙제를 말하는 거거든요. 거기도 수양산이었고 여기도 수양산이었고 우리나라에는 수양대군이 있었잖아요. 두 개를 같이 은유를 해서 겹쳐 놓은 거죠. 중의법으로. 둘 다 상황이 비슷한 거구요. 여기서 백이와 숙제가 말렸어요. 그리고 자기의 신념을 굽히지 않고 마지막에, 어떻게 했다고요? 고사리 먹다가 그냥 죽었다는 거죠. 왜냐하면 반역자가 세운 나라에서 주는 녹봉 같은 것을 먹으면서 살고 싶지 않다는 거예요.

그런데 조선시대에 사육신이었던 성삼문이 지은 시조에서는 백이와 숙제는 고사리라도 뜯어 먹었잖아. 그 고사리는 어느 나라 땅의 고사리냐, 무왕 땅이라는 거지. 아무것도 먹지 말고 그냥 굶어 죽지 고사리는 왜 뜯어 먹었어. 나는 고사리도 안 뜯어먹고 그냥 굶어 죽을 거야. 이런 비판을 했어요. 결국 단종 복위를 시도했지만, 실패하고 체포되어 처형당했지요.

어쨌거나 중요한 것은 지금 뭐야, 신하가 임금을 쳤고 부모님이 돌아가셨는데도 또 전쟁을 일으켰고 이것은 있을 수 없는 일이다. 인이 아니다. 이렇게 비판하고 있는 상황인 거죠. 무왕이 어쨌든 쳐서 자기가 종주국이 되었고 난을 평정했고 이렇게 된 상황이긴 해요. 그렇죠? 자, 여러분은 이 상황에 대해서 만약에 이 시대에 내가 백이와 숙제였다면 어땠을 것 같아요?

학생 2 : 자신이 나라를 아끼고 사랑했다면 그렇게 할 수도 있을 것 같아요.

학생 3 : 백이와 숙제처럼 그럴 수는 없을 것 같아요. 나 하나 희생한다고 어떻게 되는 것도 아니고 내 희생이 헛될 수도 있고.

선생님 : 자, 여기에서 사마천은 백이와 숙제는 원망했나, 원망하지 않았나 하고 질문을 던졌죠. 그리고 그 다음에 어떤 이야기들을 하면서 이건 사마천의 생각이에요. 이게 꼭 맞다 아니다가 아니라. 일단 사마천은 이렇게 생각을 했다는 거지요. 여러 가지 이야기를 하고 있는데 그 중에 백이숙제 이야기도 나오고 그러면서 중간에 보면 뭐가 나오죠?

학생 4 : '착한 사람이 복을 받는다.' 요.

선생님 : 그렇지요. 하늘의 이치는 사사로움이 없어 늘 착한 사람과

함께 한다는 이야기가 있었고, 군자는 죽은 뒤에 자기 이름이 일컬어지지 않은 것에 가장 가슴 아파한다는 이야기도 있었는데. 하늘의 이치는 사사로움이 없어 늘 착한 사람과 함께 한다고 했는데 여러분의 생각은 어때요? 이 말이 맞는 것 같아요? 아닌 것 같아요?

학생 1 : 이건 좀 아닌 것 같아요. 말이 안 돼요.

선생님 : 어떻게 아닌 것 같아요? 왜 말이 안 돼요?

학생 3 : 하늘은 착한 사람 편이라 얘기했는데 사이비 같아요.

학생 2 : 너희는 착하게 살라고 말하는 것처럼 들려요.

선생님 : '착하게 살아라.' 를 하기 위해서 그냥 이렇게 얘기해 줘야 착하게 살 거니까 사이비 종교처럼 사람들 세뇌시키는 말 같다. 그럼 진실은?

학생 1 : 착한 게 좋긴 좋은데 꼭 하늘이 착한 사람 편인 건 아닌 것 같아요.

선생님 : 착한 게 좋은데 꼭 진리는 아니고 하늘이 꼭 착한 사람과 함께 하는 것 같지도 않고. 그 얘기죠? 또 다른 친구들은 어떤 것 같아요? 우리 옆에 친구들 중에 착한 친구를 딱 떠올려보세요. 그 친구가 하늘이 함께 하는 것 같아요? 착한 친구 얘기해 보세요.

학생 3 : 종교 같은 느낌이에요.

학생 5 : 현실과 다른 것 같아요.

선생님 : 여기서 얘기하는 건 종교의 얘긴 것 같다. 현실에서는 어떤 것 같아요? 현실은 어때요?

학생 4 : 현실에서 보면 너무 이상적인 이야기만 하고 있는 것 같아요.

선생님 : 이상적인 얘기만 하고 있다. 근데 옛날에 고전소설 같은 거 보면 다 권선징악이고 해피엔딩이고 마지막에 다 벼락 맞거나 나쁜 사람은 다 처단하고 그렇게 하잖아요.

학생 6 : 이야기는 이야기일 뿐이고.

선생님 : 근데 옛날 사람들은 그 이야기 되게 좋아했잖아요.

학생 7 : 자기들이 안 겪어봤기 때문에 그렇게 되고 싶은 거죠.

학생 6 : 그런 이야기로 위로 받는 거 아닐까요?

선생님 : 현실이 그렇지 못하니까 그렇게 되고 싶어서 그렇게 하는 거다.

학생 2 : 요즘에 그런 책에 영향 받는 건 중2 애들인데…. 권선징악에 영향을 받는 사람들은 거의 어린애들이 아니면 거의 중2병 애들밖에 없는데요.

선생님 : 아, 중2병 애들은 거기에 영향을 받아. 왜?

학생 3 : 뭔가 멋지잖아요.

학생 5 : 현실의 어떤 것보다 영웅 같은 거에 영향을 많이 받아요.

선생님 : 영웅 소설?

학생 5 : 판타지, 무협 그런 거요.

선생님 : 영웅들은 세상을 구원하잖아요. 세상을 구하는 존재가 되고 싶다. 그럼 뒤에 얘기랑 연결 될 것 같아요. 공자는 이렇게 얘기했는데 나중에 죽고 나면 세상이 다 알아준다고 얘기했잖아요, 그렇지?

근데 사마천의 얘기는 달라요. 백이와 숙제는 비록 어진 사람이긴 하지만 공자의 칭찬이 있고나서부터 그 명성이 더욱 더 드러나게 되었다. 안연은 학문을 매우 좋아하기는 하지만 공자라는 천리마의 꼬리에 붙어 행동이 더욱 두드러지게 되었다. 바위나 동굴 속에 숨어 사는 선비들은 일정한 때를 보아 나아가고 물러난다. 그러나 이러한 사람들의 명성이 묻혀 세상에 일컬어지지 않는 것은 슬픈 일이다. 이렇게 말해요.

그러니까 말이야, 조그만 시골에서 정말 모범 답안지처럼 바람직하게 사는 사람들이 있을 수 있겠죠. 그러면 그 사람들이 세상에 다 백이와 숙제처럼 알려지느냐. 그건 아니라는 거죠.

학생 8 : 줄 잘 타서 알려진 거네요.

선생님 : 그렇지. 줄 잘 타서. 누구라는 줄? 공자라는 줄을 잘 타서 백이와 숙제가 잘 알려진 거다. 이게 사마천의 주장이지요. 여러분은 어때요? 여기에 대해서.

학생 9 : 지금도 그런 일은 많은 것 같아요.

학생 7 : 좋은 친구를 만나야 해요.

선생님 : 그런가요? 우리 예전에 중학교에서는 아직 안 나오는 것 같은데 시인 이상이라고 들어봤어요? 본명은 김해경이구요. 이상이라는 이름처럼 당시 사람들이 이해하기 어려운 시를 쓴 시인이 있었어요. 1930년대에. 그런데 그 백 년 전에 쓴 시가 지금 현대시라고 내놔도 손색이 없죠. 지금 현대시 중에서도 여러분들이 잘 이해되지 않는 현대시들.

이 사람이 원래는 건축가였는데 신문에 시를 계속 연재했었고, 연재 중에 독자들의 빗발치는 항의에 못 이겨서 중단을 했어요. 그 정도로 누가 이런 미친 소리를 하고 있느냐 이런 반응인 거야. 근데 그 사람을 신문에 나올 수 있게 도와준 사람이 소설가 친구야. 둘이가 완전 절친이었죠. 그때 만약에 친구의 믿어주는 힘이 없었으면 이상은 그냥 묻혔을 수도 있다는 거지. 지금은 이상이 더 유명하거든.

학생 2 : 그때는 신문에 나왔어도 묻혔잖아요.

선생님 : 그 당시의 사람들이 못 알아본 거지. 소설가 친구는 알아봤지만 일반인들은 못 알아본 거야. 그렇게 신문에 실리고 어쩌고를 했었기 때문에 그 이후에 연구가 되고 알려지게 된 거지. 그런 예들은 굉장히 많아. 지금도 묻혀있는 작가들은 굉장히 많아. 특히 한국전쟁 났을 때 월북한 작가들 있지. 북한으로 가 버리면 그 사람들의 작품은 1988년까지 못 읽게 했어. 금서였어. 그 사람들 책을 읽으면 공산당처럼 취급 받았어. 읽기만 해도. 지금은 풀렸지만. 그러다 보니 그때 묻혀버린 작가들도 많단 말이야. 여기서는 지금 백이와 숙제가 안 묻히고 이렇게 세상에 나온 게 공자 눈에 띄어서 그렇다는 이야기를 하는 거지. 그러면 만약에 여러분들이 이름이 알려지고 후세에도 남고 내가 어떻게 했었고 이런 게 알려지려면 공자라는 줄이 있어야 되네. 맞는 걸까요? 여기에 대해 어떻게 생각해요? 공자라는 줄이 없으면 안 되는 거예요?

학생 3 : 힘들어요. 되긴 되는데 힘들어요.

학생 5 : 우연의 힘을 믿어야죠.

선생님 : 꼭 이런 줄이 아니더라도 어떤 우연에 의해서 또 이런 일들이 발생할 수 있겠다.

학생 4 : 자신의 노력이요.

선생님 : 내가 더 열심히 노력하면 그런 쪽에 어떤 욕망을 갖고 있

으면 그것을 이루어가는 길을 찾으면 가능할 것 같기도 하다. 또? 내가 죽고 나서도 이름이 계속 알려지는 게 좋기만 할까? 이 사람들은 원했을까? 어땠을 것 같아? 너희들은 죽고 나서 이름이 계속 알려지기를 원해?

학생 1 : 아뇨. 이상한 걸로 알려지면 안 되고.

학생 2 : 강물에 흘러가는 한 마리의 플랑크톤처럼 살아가고 싶어요.

학생 3 : 있는 듯 없는 듯 공기처럼 살고 싶어요.

선생님 : 오! 멋진데. 선생님 제자 중에 그런 사람이 있어요. 60대 초반인데 뭘 하면 아주 잘 할 것 같은데 아주 열심히 하지는 않아. 본인의 변이 뭐냐면 '선생님, 나는요 이등만 할 거예요. 절대 일등은 안 할 거예요.' 합니다.

학생 6 : 공부 잘하는데 시골 공무원으로 내려가서 먹고 살 정도만 벌면서 살고 싶고.

선생님 : 그것도 좋지. 그래서 이등을 하는 이유가 뭔지 들어봐요. 이등을 하는 이유가 일등은 이등한테 항상 쫓기기 때문에 마음이 편하지가 않다고. 이등은 앞에도 있고 뒤에도 있기 때문에 일단 마음이 편하고. 그리고 이등은 길게 갈 수 있는데 일등은 반짝하고 사라지기 때문에 일등보다 이등이 길게 남는다면서, '그래서 나는 일부러 열심히 안 합니다.' 이렇게 말하는 거지. 들어보면 나름 그것도 맞는 말 같지 않아요? 그쪽 논리에서 보면.

결국 여러분이 어떻게 살 거냐는 여러분 스스로 결정하는 건데요. 여기에 나오는 여러 가지 이야기들이 참고가 됐으면 좋겠어요.

생각 선택하기 : 백이와 숙제

충성심 그리고 배신자

김민욱

백이와 숙제는 과거 나라를 위해 자신의 목숨을 바쳐서 충성을 다했다. 이미 나라가 망했지만 그래도 충성심을 버리지 못하고 계속 산에 들어가서 산다. 솔직히 나는 그들이 이해가 가지 않는다. 내가 만약 나라를 위해 목숨을 버려야 된다면 망설임 없이 나라를 버리겠다. '나라를 구하면 나한테 좋은 게 뭐지? 나라가 나한테 뭘 해줬지? 내가 목숨을 버리면 무조건 나라를 구할 수 있나?' 라는 것이다. 특히 내 목숨을 버렸는데도 나라를 구하지 못한다면 그것은 개죽음이나 다를 것이 없기 때문이다. 물론 지금 우리나라에 불만이 있다는 것은 아니지만 아직 나라를 위해 나를 버리기에는 내 목숨이 아깝다. 하지만 만약 내 목숨 하나만 바치면 나라를 구할 수 있다면 생각은 조금 해볼 수 있다.

백이와 숙제에는 나라를 배반한 배신자는 떵떵거리면서 살고, 애국자는 힘들게 사는 것이 보이는데 이 이야기를 보면서 나는 일제 강점기 이야기가 떠올랐다. 일본 쪽에 붙은 친일파들은 일제 강점기가 끝나고도 돈으로 잘 살고, 독립 운동가들은 독립운동을 하느라 돈을 다 써서 힘들게 살았다고 한다. 여기서 보면 독립 운동가들이 불쌍하고 친일파들이 천하의 쌍놈인 것 같지만 나는 그렇게 생각하지 않는다. 물론 내가 친일파라는 소리는 아니다. 보는 관점을 살짝 비틀면, 친일파들은 우선순위가 다른 사람들과 다른 것일 뿐이다. 독립 운동가는 우선순위가 나라이며 살아가는 방법으로 투쟁을 선택하였을 뿐이고, 친일파들은 우선순위가 자신의 목숨과 돈이고 살아가는 방법이 아첨일 뿐이다. 그러므로 나는 백이와 숙제 이야기에서 나온 배신자들이 그다지 나쁘다고 생각하지는 않는다.

미움 받을 용기 2

앞서 함께하는 인문학 토의 하나, 둘, 셋에서 우리는 '세계를 어떻게 바라볼 것인가', '원인론과 목적론', '과거의 나'를 중심으로 토의를 진행하고 자신의 생각 선택하기를 했다. 세상을 단순하게 볼 것인지 복잡하게 볼 것인지, 사건의 원인에 중심을 두고 파악할지 목적에 두고 파악할 것인지, 나는 인정과 칭찬, 열등감 등에 대해 어떤 반응을 보이며 살아온 것인지를 이야기해 보았다.

여기에 이어 일곱 번째 '자유와 과제', 여덟 번째 '나는 어떻게 살 것인가'에 대해 토의했고 그 내용을 여기서부터 시작한다. 어떤 사건이 발생했을 때 그 사건은 누구의 문제인지를 규정하는 과제의 구분과 자유의 문제, 지금까지 모든 것을 종합하여 앞으로 나는 어떻게 살 것인가의 문제까지를 토의하고 살펴보았다.

이 책을 계획하고 토의를 진행하던 중에 『미움 받을 용기』 2권이 출간되었다. 비록 토의는 못하였지만 다음 기회에 꼭 읽고 토론해

보았으면 한다. 1권이 아들러의 심리학에 대한 기본적인 이해를 돕는 것에 초점이 맞추어져 있다면 2권은 그러한 이론을 어떻게 실천할 것인가에 중심을 둔 책이다. 특히 내용면에서 보면 학부모나 교육을 담당하는 선생님의 경우에는 필수적인 책이라 권할 만하다.

자유와 과제

생각 열기

철학자는 모든 인간관계의 트러블은 대부분 타인의 과제에 함부로 침범하는 것—혹은 자신의 과제에 함부로 침범해 들어오는 것—에 의해 발생한다고 합니다. 즉, 과제를 분리할 수 있게 되면 인간관계가 급격히 달라지는 것입니다.

청년은 '이것은 누구의 과제인가?' 라는 문제에서 부모는 보호자이니 아이에게 공부를 시키는 것은 부모의 책무라고 주장합니다.

그러나 철학자는 누구의 과제인지 구분하는 방법은 '그 선택이 가져온 결과를 최종적으로 받아들이는 사람은 누구인가?' 를 생각하라고 합니다. 만약 아이가 '공부하지 않는다' 는 선택을 했을 때 그 결정이 가져올 결과—이를테면 수업을 따라가지 못하거나 지망하는 학교에 불합격하는 등—를 최종적으로 받아들여야 하는 사람은 부모가 아니라 아이이기 때문에 공부는 아이의 과제라고 주장합니다. 그렇다면, 정말 그건 누구의 과제일까요? 이야기 나눠봅시다.

생각 나누기

선생님 : 여기선 무슨 얘기를 하고 있어요?

학생 1 : 공부요.

선생님 : 공부에 대해서 강압적으로 해야 되느냐, 아이의 자유에 맡

겨야 되느냐. 그럼 철학자는 어떻게 해야 된다고 해요?

학생 2 : 아이를 자유로 놔둬야 한다.

선생님 : 그리고 청년은?

학생 5 : 부모가 도와주어야 하는 역할이다.

선생님 : 그 근거로 뭘 들고 있어요?

학생 3 : 부모가 선배이자 보호자이기 때문에 부모가 해야 된다.

선생님 : 철학자의 근거는 뭐예요?

학생 4 : 공부를 하지 않았을 때 피해보는 사람은 아이니까 아이 스스로 해야 돼요.

선생님 : 피해보는 최종적인 사람은 아이니까 아이 스스로 책임져야 한다. 그러면서 여기에 과제란 얘기를 쓰고 있죠. 도대체 그것은 누구의 과제인가라는 이야기를 하고 있는 거죠. 자, 여러분 생각은 어때요? 어느 쪽이 더 타당한 것 같은지 한번 얘기해 봐요. 자유롭게

학생 2 : 저는 철학자가 맞는 것 같은데요.

선생님 : 철학자가 맞는 것 같다면 청년이 이의 제기하는 것에 대해서 거기에는 타당성이 없어요?

학생 1 : 타당성이 없는 건 아닌데 철학자 말처럼 자신이 못한 것을 아이가 대신이라도 할 수 있는 것으로 부모가 자기만족을 느끼려고 끼어드는 것 같은데요.

선생님 : 부모가 못한 것을 아이를 통해 대리만족을 이루기 위해서. 그럼 자기가 이룬 부모는 대리만족이 아니지 않나요. 이미 부모가 이뤘다고 생각해봐요. 부모인 내가 했으니 그러니 너도 해. 이건 괜찮은 건가요? 거기에 대해서는 어떻게 생각해요?

학생 2 : 좀 더 생각해 봐야 될 것 같아요.

학생 6 : 철학자가 맞는 것 같아요. 모두 너를 위해서라고 많은 걸 얘기 하는데 부모의 욕심인 것 같아요.

선생님 : 너를 위해서라기보다는 부모의 욕심인 것 같다. 어떤 이유에서 그렇게 생각해요?

학생 1 : 예를 들어서 너는 꼭 좋은 대학을 가야 해, 너는 공부를 잘해서 나보다 좋은 사람이 되렴. 이런 거를 충고해 주는 건 좋은데 강압적으로 개입하는 건……. 솔직히 내가 좀 더 좋은 사람이 돼서 부모님을 호강시켜야 된다는 그런 압박감이 있는 것 같아요.

선생님 : 조언이나 충고하는 정도는 되지만 더 과하게 개입하면 부담감이 오니까 과한 상태까지는 안 가는 게 좋을 것 같다. 그러면 여러분들이 자식의 입장이라서 그런 것 같은데 만약에 내가 결혼을 해서 나중에 아들을 낳았어요. 아이가 여러분의 나이에요. 그 애가 공부를 너무 안 하고 있어요. 여러분은 어떻게 할 것 같아요?

학생 2 : 공부를 하라고 시켜야 돼요.

선생님 : 왜?

학생 3 : 자기 아들이니까 아들의 진로 같은 것도 중요하니까요.

선생님 : 아들의 진로를 중요하게 여기니까 내 아들에게 당연히 시킬 것 같다. 그럼 부모님이 나한테 시키기는 원해요? 나는 부모님 아들이잖아. 거기에 대해서는 어떻게 생각해요?

학생 2 : 생각해 봐야 할 것 같아요.

선생님 : 옆에 친구는 어떨 것 같아요? 내가 아들일 때랑 부모일 때랑.

학생 3 : 저는 공부하라고 하는 게 싫어요.

선생님 : 내가 아들일 때 싫어요. 그럼, 내가 부모일 때는?

학생 6 : 그렇게 강요하지 않을 것 같아요.

선생님 : 그럼 나는 어디 정도 할 것 같아요? 어느 정도까지는 되고 어디까지는 안 되고.

학생 1 : 충고로써 하는 것까지는 되고 아예 하지 말라고 하지는 않을 것 같아요.

선생님 : 어느 정도 개입을 하기는 할 것 같은데 과하게 하지는 않을 것 같다. 그러면 여러분들이 만약에 집에 가서 나는 지금 우리 부모가 너무 과한 것 같다고 생각하는데 부모님한테 과하지 않느냐고 하면 뭐라고 할 것 같아요?

학생 7 : 화부터 내시겠죠.

선생님 : 부모님은 과하다고 생각할까요?

학생 3 : 안 할 것 같아요.

선생님 : 왜 안 할 것 같아요?

학생 3 : 과하지 않다고 생각하니까 시키는 거죠.

선생님 : 그러면 도대체 과함과 과하지 않음의 중간 지점은 어디가 적합한 지점일까요? 어떻게 그 지점을 타협할 수 있을까요? 결국엔 부모의 생각과 자식의 생각이 다른 거잖아요. 그 지점도. 두 사람이 그 지점에 타협을 볼 수 있으면 적합할 거잖아요. 화해가 되는 거잖아요. 어떻게 하면 그 적정선을 맞출 수 있을까요? 본인이 아들의 입장에서 어떻게 했으면 좋겠어요? 적정선을 맞추려면.

학생 2 : 서로 대화를 해야 될 것 같아요.

선생님 : 대화를 하는 게 좋은데 대화가 안 되면 화부터 내. 이러면?

학생 4 : 서로 관심을 끊어버려요.

선생님 : 관심을 끊어버리면 해결이 날까요?

학생 1 : 만약 내가 하고 싶은 게 있는데 그게 있다면 공부를 할 텐데 확신이 서지 않으면 아무런 목표 없이 안 할 것 같은데요.

선생님 : 확신이 생기지 않아서. 그러면 예전에 부모님들은 확신이 있어서 공부 했을까요? 여러분 부모님들은 모두 확신해서 공부를 했을까요? 확신이 있으면 확신을 가지고 더 열심히 하는 건 맞는데 확신이 없으면? 확신이 없는 건 없고 싶어서 없는 게 아니잖아. 그럼에도 불구하고 공부를 안 해야 된다는 것에 동의하는 건 아니죠?

학생 7 : 네.

선생님 : 하긴 해야 된다고 생각하죠? 그런데 부모님의 개입이 너무 심한 게 싫은 거잖아요. 그 심한 개입을 적정선을 맞추려면 어떻게 해야 될 거냐.

학생 5 : 아들과 딸에게 일단 공부하는 목적에 대해 이해를 시키는 게 필요하지 않을까요? 한편으로는 공부보다는 공부할 수 있게 계기를 만들어 주는 게 좋겠어요.

선생님 : 계기를 만들어 주는 쪽에 부모가 신경을 좀 더 써주면 좋겠다. 아까 대화하는 방법 하나 있었고 대화가 안 되면 결국은 어떤 방법으로든 서로를 설득시켜야 되는 거잖아요. 자기의 타당성을. 그러면 그 부분에 대해서 대화를 하더라도 "내가 생각하는 적정선은 이거고 부모님이 생각하는 적정선은 이거다"를 정한 후, 어느 선에서 타협을 맞춰보면 좋을지 맞춰보는 것이 좋을 것 같네요.

그럼 이 논제에 대해 자신의 생각을 적어볼까요?

생각 선택하기 : 자유와 과제

과제를 분리해야 자유를 얻는가

금성동

나는 가끔 친구와 싸우면 많은 고민을 한다. 그 뿐만 아니라 다양한 인간관계에 많이 신경을 쓴다. 초등학교 시절, 한 친구와 심하게 싸운 적이 있었다. 지금 생각해 보면 사소한 걸로 심하게 싸운 것 같다. 그러나 그때 심하게 싸운 이후로 나는 친구와 어떻게 화해할지 고민이 많았다. 먼저 사과도 해보았지만 그 친구는 받아주지 않았다. 그때 나는 "사과를 했는데 왜 안 받아주지?"라는 생각이 들었다. 결국 한참 뒤에서야 화해를 하게 되었다.

그때 친구의 과제와 나의 과제를 분리해야 했을까? 그때는 '친구와 화해했으면 좋겠다.'가 나의 과제였고 '그 화해를 받아주느냐 아니냐.'는 친구의 과제였을 것이다.

그렇게 과제를 분리하고 내 과제에만 충실한 것으로 만족했다면 나는 자유로워질 수 있을까? 그렇다고 생각하지 않는다. 과제를 분리해 친구가 나의 화해를 받아주지 않았던 것이라면 나는 그 화해를 받지 못했다는 생각 때문에 자유롭지 못했을 것이다.

저 상황에서 친구와 내가 화해를 하는 것은 둘의 공통 과제라고 생각한다. 그리고 그 공통의 과제를 함께 해결하였을 때 나는 진정으로 자유로워진다고 생각한다. 다시 말해 모든 일에는 개인의 과제가 있을 수 있지만 그 과제만 해결한다고 해서 그것이 자유롭다고 말을 할 수는 없는 것 같다. 누군가와의 다툼이나 싸움 등의 이유로 생기는 인간관계의 틀어짐은 서로 과제를 분리해 해결을 하는 것이 아니라 서로가 공통의 과제라고 생각하여 해결을 해야 된다는 것이다. 그래야 비로소 틀어졌던 인간관계가 제 자리를 찾으며 자유라는 두 글자가 보이는 것이다.

함께하는 인문학 토의 여덟

나는 어떻게 살 것인가

생각 열기

"인생의 의미는 내가 나 자신에게 주는 것이다"라고 아들러는 말합니다.

또한 "타인에게 미움 받는 것을 두려워하지 않는, 타인의 인생을 살지 않는, 자기만의 길을 찾는 것, 그것이 행복에 이르는 길이고, 자유에 이르는 길이다."고도 말합니다.

'내'가 바뀌면 '세계'가 바뀝니다. 세계란 다른 누군가가 바꿔주는 것이 아니라, 오로지 '나'의 힘으로만 바뀔 수 있다는 뜻입니다.

철학자는 한 번 더 아들러가 했던 말을 청년에게 들려주게 됩니다.

"누군가가 시작하지 않으면 안 됩니다. 다른 사람이 협력하지 않더라도 그것은 당신과는 관계없습니다. 내 조언은 이래요. 당신부터 시작하세요. 다른 사람이 협력적인지 아닌지는 상관하지 말고."

생각 나누기

선생님 : 여러 가지 이야기들이 나왔어요. '가족 간에도 선을 그어라.'라는 얘기가 나왔어요. '자유란 타인에게 미움을 받는 것이다.'라는 얘기도 나왔어요. 행복해지려면 미움 받을 용기를 가져야 되

고, 부모님과 잘 지내고 싶지 않아 맞은 기억을 꺼냈다라고 목적을 바꾸면 문제가 간단히 풀어질 수도 있다. 그런데 타인을 조정하기 위해서 내가 어떤 행동을 바꾸는 것이 목적이 되어서는 안 된다는 얘기까지 나왔어요.

여러분들은 지금까지 다른 사람과의 관계에서 봤을 때 그럴 때 있죠? '아, 저 친구는 왜 자꾸 나한테 기대지?' 숙제를 하거나 뭘 빌려 달라고 하거나 숙제를 보여 달라 하거나 부탁을 자꾸 하는 친구도 있고 내가 직접 가서 부탁을 하는 친구도 있고 부탁을 받는 친구도 있죠. 그런데 계속 부탁을 받아서 해 주다가 어느 날은 안 해주고 싶을 때가 있잖아요. 내가 늘 해줬는데 '아, 나는 왜 이러고 있지? 쟤는 왜 만날 나한테 와서 이러지?' 하는 식으로, 갑자기 짜증이 날 때가 있지요. 그런데 또 계속 그러고 있어. 그런 이야기들이 지금 하는 것과 연결될 수 있는 일들일 것 같은데요.

여기에서 이야기 하는 변화, 내가 바뀌면 다른 사람은 바뀔 수도 있고 아닐 수도 있으나 나는 바뀔 수 있다. 이 부분에 대해서 내가 그렇게 해 봤거나 그렇게 해 보면 될 것 같거나 연관되는 어떤 경험들, 연결해서 얘기해 볼까요?

학생 1 : 계속 자주 빌려가는 친구가 있었는데 어느 날부터 갑자기 내가 안 주기로 결심하게 되면 다른 애를 찾아서 빌리러 가게 돼요.

선생님 : 걔는 안 바뀌었는데 빌리는 대상만 바뀌었는데 나는 안 빌려주는 걸로 바뀌었다. 이 규칙에 벗어나는 일도 있을 것 같아요.

어떤 여자가 병원에 왔는데 얼굴이 엉망진창이 돼서 왔어요. 귀도 너덜너덜하고. 의사가 깜짝 놀라서 '어디서 이런 사고를 당했습니까?' 이러니까 '집에서.' 이러는 거야. '아니, 집에서 왜 그랬어요?' '남편한테 맞아서.' 그렇게 됐다고 하는 거야. 그래서 의사가 '남편한테 맞아서 그렇게 됐는데 가만있었어요?' 하니까 '자주 있는 일이에요.' 이렇게 얘기하는 거예요.

여러분들은 이 부분에 대해 어떻게 생각해요?

학생 2 : 계속 똑같은 것에 노출되다 보니까 뭔가 자연스러워져서 문제점을 인식하지 못하는 거죠.

선생님 : 문제점을 못 느껴서 무덤덤해져 버렸다. 그럼 그 사람이 만약에 그렇게 당하지 않으려면 어떻게 했어야 했을까요?

학생 4 : 반격을 해야 돼요.

학생 3 : 고소를 해야 돼요.

학생 5 : 경찰을 불러야 돼요.

학생 6 : 그 사람을 피해야 돼요.

선생님 : 어쨌든 이 모든 행동은 뭐예요? 그 사람이 행동을 바꿔야 된다는 얘기죠. 내가 반복적으로 그렇게 행동한다는 것은 세상에다 대고 '나를 이렇게 다뤄주세요.' 하고 요구하는 것과 같아요. 예를 들어서 계속 때리는데 내가 계속 저항하지 않고 계속 맞고 있어. 그럼 상대는 어떻게 생각하겠어요? '아, 계속 때려달라는군.' 나는 맞아도 괜찮다는 신호로 인식하는 거야. '나는 계속 맞아도 가만히 있을 거니까 계속 때려주세요.' 이런 식으로 인식한다는 거지. 그런데 내가 맞았어. 반격했어. 그럼 세상은 어떻게 인식할까요?

학생 9 : 때리면 안 되겠네, 하고 생각해요.

선생님 : 그래요. '어, 반격하네. 똑같이 때리면 안 되겠네.' 라는 생

각으로 내 행동에 대해 다시 돌아보게 되는 거죠.

더 세게 때려서 더 나쁜 부작용이 일시적으로 있을 수는 있어요. 물론 반격에 무조건 폭력으로 대응하라는 뜻도 아니고요. 부작용이 있다고 해서 그대로 수그러들고 내가 반격하지 않으면, 반복되는 거죠. 변화하지 못하는 거예요.

그러한 경험들은 아마 여러분들한테도 많을 것 같아요. 관계에 있어서 지금까지 나는 상대가 이상해서 이랬다고 생각했는데, 가만히 생각해보면 내가 이렇게 해서 상대가 이랬던 것 같은 경험도 있을 것 같아요. 결국 내가 어떻게 살 것인가는 내가 정해야 한다는 거지요. 여러분은 어떻게 살고 싶은가요?

생각 선택하기 : 나는 어떻게 살 것인가

미래와 꿈은 다르다

최준혁

미래는 내가 가장 많이 생각해 본 주제지만 한 번도 생각을 정리한 적 없는 주제다. 말 그대로 어둡다. 지금의 내가 그대로 큰다면 아마 정말 답이 없을 것이다. 가장 생각해봐야 되는 주제지만 가장 생각하기 싫은 주제이다. 어떻게 생각해도 어둡기 때문이다.

나는 성공한 인생이 아닌 적당히 눈에 안 띄는 인생을 살고 싶다. 보통인 인생, 눈에 띄는 것은 좋은 것이라고 생각이 들지 않는다. 눈에 띄면 귀찮아질 뿐이다. 그렇게 좋은 일이 많은 것을 본 적이 없다.

미래에 적당히 중간 지점에 편하게 살고 싶을 뿐이다. 이렇게 말하면 매우 편한 직업만 찾는다고 뭐라 한 소리를 듣겠지만, 어쩔 수 있나. 자신이 일부러 힘든 일을 지원하는 사람은 별로 없을 것이다. 내가 생각하기는 그렇다. 그렇기를 바란다. 다시는 생각하기 싫은 주제이다. 미래는 정해져 있다는 생각이 든다. 노력하는 것 자체도 운명이다.

경구중학교 책쓰기 동아리

미래별 일곱 번째 이야기

2부

세상을 보는 다양한 관점

세상은 나와 같습니다

금성동

프롤로그

책을 읽는 것은 무엇일까?
책을 읽기만 한 나는 이렇게 생각한다.
'독자에게 교훈을 주는 것, 누군가에게 삶의 희망을 주는 것'
바로 여기에 나오는 글은 독자에게 삶의 이유와
삶의 길을 제시해준다.

세상은 나와 같습니다

세상을 어떻게 보는 것이 좋을까? 가끔 이 생각이 머릿속에 불현듯 스친다. 세상을 보는 관점은 다양하게 존재한다. '단순하다',

'복잡하다' 등 세상을 보는 시선과 태도는 사람마다 다르게 나타난다. 그 중 나의 생각은 '둘 가운데 어떤 것으로도 나눌 수 없다' 이다. 생각은 오로지 사람들이 세상을 바라보는 하나의 감정일 뿐이고 세상은 세상 그 자체일 뿐이다.

사람들이 세상을 살 때 여러 가지 생각으로 삶을 쉽고 간단하게 여겨서 좋게 살 수도 있고 오히려 그것이 걸림돌이 되어 삶을 방해할 수도 있을 것이다. 어린 아이들 같은 경우 누구에게 혼나 자지러지게 울어도 달콤한 사탕 하나, 재밌는 TV만화 캐릭터 하나면 다시 배시시 웃는다. 세상을 단순하게 보는 아이들의 삶은 행복한 것이다. 그러나 어른들 같은 경우는 일이 해결되지 않을 때 불안감, 스트레스 기타 등등이 얽히고 배배꼬여 복잡하게 생각하다보니 행복한 삶에 방해가 되기도 한다.

그러니 세상이 단순하다, 복잡하다는 생각보다 때때로 세상 그 자체를 바라보는 것이 좋을 때가 있을 것이다. 예를 들어 세상에 대한 생각을 해보지 않은 사람이라면 세상을 그 자체로 바라볼 수 있고, 세상을 생각할 때에 스트레스를 받지 않을 수 있어서 좋을 것이다.

하지만 세상을 객관적으로 바라보는 것이 좋기만 할까? 객관적으로 세상을 바라보는 것보다 자신의 주관적 생각이 도움이 될 때도 있다. 때에 따라 적절히 조화를 이루는 것이 좋다. 자신이 보던 세상을 다른 시야로 본다면 이 세상 또한 다르게 보일 것이다. 가끔 우리는 또 다른 세상을 보기 위해 그럴 필요가 있다. 세상이 무섭고 찡그리기만 하다면 우리가 쓰고 있는 관점이라는 안경 때문은 아닐까? 그 세상을 보는 우리 자신이 찡그리고 있지는 않은가? 그 안경을 벗으면 환하게 미소 짓는 세상이 기다리고 있을지도 모른다. 그리고 그 미소를 보는 나도 함께 미소 지을 것이다.

시험을 못 친 이유는 배가 아파서?

나는 시험 날에 대한 트라우마가 있다. 바로 시험 날 아침 배가 아픈 것이다.

그날도 내가 제일 싫어하는 시험 날이었다. 배가 아플 걸 알면서도 아침을 먹었다. 배가 고프면 시험에 집중을 못하기 때문이다. 결국 긴장을 해서 그런지 배가 아파 왔다. 시험을 잘 치지 못할까 걱정이 이만저만이 아니었다. 시험을 치는 도중 아픈 배가 집중력을 흩트려 놓았다. 시험이 끝나고 시험을 망친 것 같은 기분이 들어 짜증이 머리끝까지 솟구쳤다. 시험결과는 생각조차 하기 싫을 정도로 좋지 않았다. 이날 내가 시험을 못 친 것은 정말 배가 아파서였을까? 공부를 안 했다는 하나의 이유를 진짜 부끄럽고 창피해서 배가 아팠다는 이유로 바꿔 그럴듯하게 나 자신을 합리화하고 포장한 것은 아닐까? 시험을 망친 나 자신의 좌절감을 덜기 위한 목적으로 배가 아팠다는 이유를 끌어온 것일 수도 있다.

이 상황은 둘 중 어느 것이 맞을까? 나는 어느 하나가 맞는 거라고 말할 수 없다. 왜냐하면 더 좋아 보이는 하나를 선택했다고 하더라도 그로 인해 내가 더 힘들어질 수 있고, 만약에 그런 상황이라면 그것이 맞는 선택이라고 확신할 수 없기 때문이다. 결국 맞는 선택이라는 건, 자신에게 좋지 않은 요소들이 생기지 않도록 하는 거라고 말하고 싶다. 그래야 그나마 정서적 안정으로 자신에게 도움이 될 수 있고 다음에 비슷한 상황이 와도 자신을 더욱 기운 나게 하는 매개체가 될 수 있기 때문이다. 원인론과 목적론을 판가름할 때 살아가면서 좋지 않은 영향을 끼치는 쪽이 어디인가보다는 힘을 낼 수 있는 쪽으로 선택하는 것이 좋겠다.

중학생이 된 나

중학교는 정말 낯선 경험이었다. 초5, 초6 앞의 '초' 라는 타이틀이 '중' 으로 바뀌는 때였다. 새로운 친구, 교실, 선생님 등 무엇 하나 익숙한 것이 없는 곳에서 나는 적응하며 살아가야 했다.

중1, 처음 등교하던 날 교실에는 알 수 없는 침묵과 적막이 느껴졌다. 서로 이야기하며 웃는 친구들도 있었지만 대부분 낯을 가려서인지 입을 꾹 다문 모습이었다. 잠시 후 담임선생님이 들어오셨는데, 초등학교 때 친절했던 선생님과 달리 무섭고 두려웠다.

이윽고 중학교 첫 수업이 시작되었다. 한 분이 전적으로 가르치시던 초등학교와 달리 과목마다 선생님들이 들어오시고 수업하는 과목 수도 더 많았다. 나는 모든 것이 혼란스러웠고 낯설었다. 세상을 살면서 처음 느껴보는 당황스러움과 어색한 분위기를 견디는 고통이 내 몸을 감쌌다.

첫 급식을 먹을 때도, 누구 하나 소리 없이 밥만 먹었다. 나는 남은 시간에 학교 구경을 했다. 도서관이 어디 있는지 컴퓨터실은 어디에 있는지, 학교 곳곳을 누비고 다녔다. 그렇게 탐방한 결과 학교 구조는 며칠 만에 쉽게 외울 수 있었다. 다음은 선생님과 친구들이었다. 친구들 이름과 선생님 성함을 하나하나 외우기가 벅찼다. 과연 이곳에서 1년 동안 잘 지낼 수 있을까 하는 걱정이 머릿속을 지배했다. 하지만 그것은 그냥 쓸데없는 기우였다.

불과 일주일이 지났을 뿐인데도 친구들은 서로 가까워졌고 선생님과도 친근해졌다. 선생님들의 새로운 수업 방식도 익숙해지고 친구들의 행동까지 자연스러워졌다. 반 친구들과 장난도 치고 게임도 하며 친해졌고 다른 반 아이들과 이야기도 붙이며 점점 거리가 가까워졌다. 조금 시간이 걸리기는 했지만 그만큼 친구들은 더 가까워졌다. 담임선생님도 정말 좋으신 선생님이었다. 그걸 아는 데까지 이렇게 오래 걸렸다는 것이 아쉬웠다. 이제는 어느덧 중학교 2학년이 된 나, 중학교 생활이 너무 익숙해져서 행복했던 초등학교 시절이 낯설어진 것만 같다.

서울 00고등학교 금00교사 아이들의 행복 교사 1순위로 뽑혀…

2046년 4월 28일 서울의 명문 00고등학교에서 학생들의 행복교사 선호도를 조사하였습니다. 조사 결사 1위는 금00교사가 차지하였습니다. 1위의 선호도 수치가 참으로 놀랍습니다. 00고등학교 전교생 약 700여명의 학생 가운데 99.85%가 행복교사 1순위로 금00교사를 뽑았습니다.

교사는 아이들을 가르치는 일을 하는 사람입니다. 공부를 싫어하는 아이들은 선생님이 좋아지기 힘든 점이 있습니다. 그럼에도 불구하고 아이들의 압도적인 지지를 얻은 금00교사는 항상 아이들의 귀감이 된다고 전해지고 있습니다.

실제로 전국 교사들이 학생들을 대하는 태도와 전국 아이들이 바라는 선생님들의 태도 검사를 해 본 결과 평균적으로 아이들이 바라는 선생님의 행동들이 전국의 교사들 중 00고등학교의 금00교사가 가장 유사한 것으로 알려졌습니다. 그렇다면 00고등학교 000교장선생님의 한 말씀 들어 보겠습니다.

"금00 교사는 항상 아이들에게 인기가 많습니다. 아이들에게 가장 좋아하는 선생님이 누구냐고 물으면 '금00 선생님이요' 라고 큰소리로 외친답니다. 스승의 날에도 이반 저반 가릴 것 없이 금00 선생님만 카네이션이 제일 많아요."

다음은 전교 학생회장의 한 말씀 들어보겠습니다.

"금00 선생님은 저희를 너무 잘 가르쳐 주시기도 하지만 가르치는 것과는 별개로 저희 부모님 같은 사랑을 느낄 때가 많아요."

그러면 이제 금00 선생님의 말씀을 들어보겠습니다.

"저는 어렸을 때 아이들에게 꿈을 심어주는 선생님이 참으로 멋있어 보였습니다. 그것이 제가 선생님이 된 이유 중에 하나입니다. 가끔 누군가 당신은 교사가 왜 되었냐고 물으면 저의 대답은 하나입니다. 아이들을 보면 그냥 행복해져요. 그러니까 저의 모든 것을 주고 싶어요. 저는 이 마음으로 항상 아이들을 가르칩니다."

아이들을 진정 자라게 하는 것은 공부도 재능도 아닌 사랑이었다는 것을 알게 해주는 시간이었습니다.

- 00일보 000기자 취재 -

내가 닮고 싶은 박상영 선수

지난 2016 리우올림픽 펜싱 종목에서 남자 에페 개인전 금메달을 딴 선수가 있다. 우리나라의 박상영 선수이다. 내가 이 박상영 선수와 닮고 싶은 것은 운동 실력이 아니다. 바로, 박상영 선수의 자신에 대한 믿음과 마인드 컨트롤이다.

리우올림픽에서 금메달과 은메달을 가리는 마지막 결승에서 박상영 선수는 10-14로 패하고 있었다. 상대는 단 1점만 내면 금메달이었고 그럼 박상영 선수는 은메달에 머물 수밖에 없었다. 하지만 그때 그 모든 것을 바꾸어 놓을 주문이 등장했다. 박상영 선수는 앉아서 조용히 혼잣말로 외쳤다. '할 수 있다', '할 수 있다' 라고.

그 후 연속 5점을 획득하는 드라마 같은 역전극이 펼쳐졌다. 박상영 선수가 마지막 결승에서 금메달을 딸 수 있었던 것은 그의 실력 덕분이었을 수도 있다. 실력도 실력이지만 10-14로 절벽 끝에 놓여 있을 때 박상영 선수의 운명을 바꾸게 한 것은 바로 '할 수 있다' 라는 정신력의 외침이다. 이처럼 끝날 때까지 포기하지 않는 믿음을 닮고 싶다.

한 TV프로에서 박상영 선수는 마지막 10-14가 되었을 때 "재는 1등이고 나는 2등이네?" 라는 생각이 들어 더욱 포기하지 않았다고 했다. 또 펜싱에 대한 연습 스트레스와 올림픽에 대한 압박감을 올림픽은 세계인의 축제니까 즐기자는 마음으로 연습에 임했다고 한다. 그런 박상영 선수의 긍정적 마음과 생각도 닮고 싶다.

우리는 삶에서 많은 스트레스와 압박 때문에 포기하고 싶고 하기 싫은 마음이 들 일이 많다. 그때 박상영 선수처럼 긍정적 마음과 생각으로 또 '할 수 있다' 라고 한 번 외쳐보자. 혹시 모른다. 자신 앞을 가린 어두운 빛들이 순백의 하얀빛으로 변해 앞을 내다 볼 수 있게 해줄지.

역할과 강점에 따른 나의 미래

우리는 살아가면서 다양한 역할과 그 역할에 따른 행동을 한다. 가정에서는 엄마 아빠의 아들 역할, 형제 사이에서는 동생의 역할, 학교에서는 학생의 역할, 그리고 또래 사이에서는 친구의 역할들을 하며 살아간다. 내가 그 역할들을 해 나가는 속에서 저마다 잘하는 것이 있다.

먼저 아들의 역할에서는 집안일을 잘하고 성실하며 부모님과의 신뢰가 깊다. 또 대화가 많고 대화를 할 때 웃음이 많다.

동생의 역할에서는 누나와 잘 지내려고 노력을 하고 누나와 싸워도 내가 먼저 화해를 하려고 한다.

학생의 역할로는 우선 학업을 중요하게 여기며 성실하다. 선생님의 말씀도 잘 들으려고 노력한다.

친구로서의 역할에는 친구와 이야기 할 때 많이 웃으며 친구가 모르는 것이 있을 때 잘 가르쳐준다. 나는 이처럼 여러 가지 역할에 각각의 강점을 가지고 있다. 그 중에 공통이 된 것이 누군가와 이야기 할 때 웃음이 많고 성실하다는 것이다.

나중에 이 강점 두 가지를 살려 할 수 있는 직업을 가지고 싶다. 그러나 강점 두 가지만으로는 나에게 어울릴만한 직업이나 잘할 것 같은 직업을 찾기는 어려운 것 같다. 비록 지금은 아니지만 나에게는 '성실하다' 라는 강점이 있으니 나중에 어떤 직업을 가지든 내가 좋아하는 일이라면 잘할 수 있다는 확신이 든다.

지금으로서는 내가 할 수 있는 역할이 그렇게 많지 않고, 그 역할 사이에서도 해본 일이 적다. 무엇이 나의 강점인지 찾을 기회도 적었을 것이다. 시간이 지나고 많은 기회와 경험을 하면 나의 강점이 확실해질 것이다. 언젠가 뚜렷한 미래의 그림자가 보이기 시작할 것이다. 그러면 그때 진정한 나의 미래를 위해 열심히 노력해 볼 것이다.

과제를 분리해야 자유를 얻는가

나는 가끔 친구와 싸우면 많은 고민을 한다. 그 뿐만 아니라 다양한 인간관계에 많이 신경을 쓴다. 초등학교 시절, 한 친구와 심하게 싸운 적이 있었다. 지금 생각해 보면 사소한 걸로 심하게 싸운 것 같다. 그러나 그때 심하게 싸운 이후로 나는 친구와 어떻게 화해할지 고민이 많았다. 먼저 사과도 해보았지만 그 친구는 받아주지 않았다. 그때 나는 '사과를 했는데 왜 안 받아주지?' 라는 생각이 들었다. 결국 한참 뒤에서야 화해를 하게 되었다.

그때 친구의 과제와 나의 과제를 분리해야 했을까? 그때는 '친구와 화해했으면 좋겠다.' 가 나의 과제였고 '그 화해를 받아주느냐 아니냐.' 는 친구의 과제였을 것이다.

그렇게 과제를 분리하고 내 과제에만 충실한 것으로 만족했다면 나는 자유로워질 수 있을까? 그렇다고 생각하지 않는다. 과제를 분리해 친구가 나의 화해를 받아주지 않았던 것이라면 나는 그 화해를 받지 못했다는 생각 때문에 자유롭지 못했을 것이다.

저 상황에서 친구와 내가 화해를 하는 것은 둘의 공통 과제라고 생각한다. 그리고 그 공통의 과제를 함께 해결하였을 때 나는 진정으로 자유로워진다고 생각한다. 다시 말해 모든 일에는 개인의 과제가 있을 수 있지만 그 과제만 해결한다고 해서 그것이 자유롭다고 말을 할 수는 없는 것 같다. 누군가와의 다툼이나 싸움 등의 이유로 생기는 인간관계의 틀어짐은 서로 과제를 분리해 해결을 하는 것이 아니라 서로가 공통의 과제라고 생각하여 해결을 해야 된다는 것이다. 그래야 비로소 틀어졌던 인간관계가 제자리를 찾으며 자유라는 두 글자가 보이는 것이다.

하늘은 착한 사람에게 복을 주는가

우리는 항상 주변 사람들이나 어른들에게 어렸을 때부터 이런 말을 한 번쯤은 들어봤을 것이다. "착하게 살아라.", "착한 사람이 되어라." 등등의 말을 하는 이유는 대부분 하늘은 착한 사람에게 복을 내려준다거나 잘 돌보아준다는 믿음 때문이다. 그러나 진정으로 하늘이 착한 사람을 돕고 복을 내려줄까?

옛날 드라마나 소설 등을 보면 악한 행위를 하는 사람들이 돈이 많고 부귀영화를 누리며 살아가는 경우가 많다. 그리고 현실세계에서도 그런 사람들은 존재한다. 대부분의 결말은 착한 사람이 웃게 되는 경우가 많지만 현실세계는 다르다. 악한 사람들이 죽을 때까지 자신의 악함이 세상에 드러나지 않아 부귀영화를 누리며 살아가는 경우도 있다. 이런 상황에서 우리는 하늘은 착한 사람을 도와주는가? 라는 의문이 든다. 진정으로 하늘이 착한 사람을 도와준다면, 왜 행실이 깨끗한 사람이 가난하게 살아가고 행실이 악한 사람이 편하게 살아가는가?

나는 이것이 마음의 문제라고 생각한다. 우리가 태어날 때에는 가난한 집에서 태어나든 부잣집에서 태어나든 그것은 정해지지 않은 것이다. 그러나 태어나서 착한 행실을 하는 사람은 집의 부유함과 상관없이 떳떳하게 살아갈 수 있을 것이다. 반대로 집이 아무리 부유해도 악한 행실을 했다면 떳떳한 마음을 지니고 살 수 없을 것이다. 그러니 하늘이 착한 사람에게 내려주는 복이나 도움은 마음의 떳떳함이나 자유로움이 아닐까? 하늘이 착한 사람에게 주는 것이 물질적인 것이 되지 못하여도 마음의 행복이면 어쩌면 그것이 더 큰 것일지도 모른다. 마음이 행복해야 그것이 진정한 행복이니까.

필요할 때 필요로 하는 것을 주는 것

이런 말이 있다. "필요할 때 친구가 진정한 친구다." 나는 이 말에 전적으로 동의한다. 사실 이런 경우를 겪어 보지는 않았지만 충분히 공감이 간다. 예를 들어 내가 성인이 되어 누군가의 도움이 절실히 필요할 때가 있다고 하자. 돈을 빌릴 수도 있고, 다양한 상황에 따라서 무언가가 필요해질 때가 있을 것이다. 이런 예기치 못한 상황에 도움을 줄 수 있는 친구가 진정한 친구다.

진정으로 필요할 때는 주지 않고 좀 기다리면 더 큰 도움을 준다고 했을 때 그것은 바람직하지 않다. 도움이 필요한 때는 지금이고 지금 도와주지 않는다면 내가 위험한데 어떻게 기다리라 할 수 있는가? 설령 다른 시간에 내가 원하는 도움보다 더 큰 도움을 준다고 해도 그것이 바람직할까? 그렇지 않다. 제가 원하지 않는 시간에 바라는 도움보다 더 큰 도움을 얻었을 때에는 받는 사람이 많은 부담이 될 것이다.

필요할 때 필요로 하는 것을 알맞게 주는 것이 제일 좋다. 그것이 진정한 도움을 주는 것이다.

나의 성격유형

MBTI 성격유형검사를 했다. 그 결과 나는 외향형 감각형 감정형 판단형인 ESFJ가 나왔다. ESFJ의 성격유형 중 무언가 맞지 않은 것을 느꼈다. 바로 E와 F였다. 나는 내가 느끼기에 외향적이 아닌 내향적 성향이 강하다는 생각이 들었다. 왜냐하면 나는 누군가와 밖에 나가 어울려 노는 것을 좋아하긴 하지만, 나 혼자 음악을 듣거나 휴식을 취하는 것에 시간을 더 많이 할애하기 때문이다.

또 하나는, F 감정형이다. 나는 수많은 상황에서 감정에 얽매이지 않고 신중하고 냉정한 마음을 유지하려고 노력한다. 감정에 너무 얽매이다 보면 정말 중요한 것을 놓칠 수도 있기 때문이다. 그런데 검사결과가 감정형으로 나와 놀랄 수밖에 없었다. 아마 보이지 않는 곳에서 내가 느끼지 않는 곳에서 감정에 이끌려 살아가고 있었나 보다.

그 이외에 다른 ESFJ의 특징은 어느 정도 맞아 들어가는 부분이 있는 것 같다. 이타주의자인 ESFJ형 사람은 다른 이들을 도우며 옳은 일을 하고자 하는 일에 진지한 태도로 임한다고 나와 있다. 그리고 ESFJ형 사람은 그들이 진심으로 존경받고 그들의 가치를 인정받고 있다고 생각이 드는 한은 지위를 막론하고 어떻게든 의미 있는 방식으로 다른 이에게 도움이 되고자 하는 특징도 있다.

나는 이 성격유형이 나의 모든 성격을 말해주고 있지는 않다고 생각한다. 살아가면서 또 다른 성격을 만들어질 수 있고 있던 성격이 사라질 수도 있다고 믿는다. 성격이 바뀌는 것은 좋은 일이지만 나는 누군가에게 해를 입히지 않는 성격의 소유자가 되고 싶다.

나의 삶

지금까지 나는 수많은 글을 쓰며 자신에 대해 알아보고 또 다른 나의 모습을 발견하기도 하였다. 이러한 활동으로 나는 어떻게 살아야 할 것인가에 대해 조그마한 답을 얻을 수 있었다. 우리는 삶을 살아가면서 그날그날 하루를 살아가기에 바빠 '나는 어떻게 살 것인가?' 라는 간단하지만 어려운 질문을 잊고 산다. 그러나 나는 이 질문에 나만의 답을 만들고 싶다. 나는 삶에서 다른 누군가에게 긍정적인 영향을 끼치며 살고 싶다. 타인에게 해를 끼치기보다는 금성동이라는 사람 때문에 행복을 느낄 수 있는 사람이 있었으면 좋겠다. 그리고 내가 이 세상을 떠날 때 누구든 금성동이라는 사람이 있었다고 마음 깊은 곳에 기억할 수 있었으면 좋겠다.

그러기 위해서 좀 더 긍정적인 마음과 배려심도 기르고 사랑을 나눠줄 수 있는 사람이 되어야겠다고 마음을 먹었다. 그리고 내가 어떤 직업을 가지든 간에 그 직업에서 최선을 다하고 내 직업에 뿌듯함을 느낄 수 있는 삶도 살고 싶다. 먼 훗날 어딘가에서 어떻게 이 글을 읽을지 모르지만 그때의 나는 위의 내용을 모두 이뤄서 흐뭇한 마음으로 읽을 수 있으면 좋겠다.

열등감과 인정, 칭찬은 상승의 지름길인가? 하락의 지름길인가?

열등감은 무엇인가? 나는 남을 보며 자신이 부족한 것을 느껴 얻는 좌절과 고통이라고 생각한다. 이 열등감이 과연 누군가를 발전시킬 수 있을까?

발전시키는 것은 그 사람에 달렸다고 생각한다. 나는 어린 나이에 두발자전거를 배울 때 주변 친구들에 비해 늦게 배웠다. 그때 나는 다른 사람들과 달리 두발자전거를 타지 못하는 데에서 열등감을 느꼈다. 친구들이 한 번만 타보라고 말할 때 '나는 못할 거야' 라는 생각이 나를 지배하곤 했다.

그러나 내가 얼마 후에 두발자전거를 못 탄다는 열등감이 새로운 시도를 불러 일으켰다. 언제까지 내가 두발자전거를 못 타는 채로 살아야 할까? 라는 생각이 뇌에 박히고 나서, 나는 두발자전거를 타기 위해 많은 노력을 하였다. 이때 나는 열등감이라는 것이 나를 조금 더 발전시킬 수 있게 된 계기가 되었다고 생각한다. 다른 사람들에게는 나쁘게만 작용한다는 열등감이 나에게는 발전의 계기였기 때문에 나는 열등감이 나를 발전시키는지 마는지는 온전히 나에게 달린 문제라고 생각한다.

인정과 칭찬은 어떤가? 인정과 칭찬을 열등감에 비해 누군가보다 더 잘하여 타인에게 얻는 좋은 말들을 말하는 것이다. 인정과 칭찬은 누군가에게 바라는 것일 수 있지만 나는 인정과 칭찬이 나를 막는 벽이 될 수도 있다고 생각한다. 언제부턴가 나는 누군가에게 칭찬을 들으면 그 칭찬 때문에 말이 없어지고 좀 더 완벽을 추구하게 되고 틀린 답을 말하는 것이 꺼려진다.

그러나 이것은 오롯이 나의 주관적 입장이고 인정과 칭찬 때문에 더욱 발전하는 사람들도 있다. 그러니 열등감과 인정, 칭찬 모든 것은 자신의 생각에 따라 넘지 못할 벽이 되고, 새로운 길을 제시해준다.

에필로그

처음에 책쓰기 동아리에 들어 왔을 때 나는 막막했다. 내가 책을 낼 실력이 있는가?

책을 낼 수 있을까? 그러나 그런 걱정은 곧 사라졌다. 선생님들이 봐주시고 수정을 도와주시니 책을 낼 수 있다는 기대감은 커져갔다. 다른 동아리에 비해 책쓰기 동아리는 힘들고 할 일도 많지만 그만큼 많은 보람이 있는 것 같다. 처음이라 다소 서투른 부분이 많은 아쉬운 결과물이지만 이것이 쌓여 더 멋진 결과물을 낼 수 있는 발판이 마련되리라고 믿는다.

나의 흑역사

김민욱

프롤로그

작년 책 쓰기 동아리를 하면서 다음 번 동아리 때는 다른 것을 해봐야지 하고 결심했지만 선생님의 추천에 의하여 다시 들어오게 되었다. 불만이 없진 않지만 작년에 책을 썼던 것도 재밌는 경험이었고 다시 경험하는 것도 좋을 것 같다.

나의 흑역사

과거의 나는 의지도, 각오도 없는 평범한 아이였다. 그 나이 때 학생들처럼 많이 놀기도 놀았고 pc방 같은 곳도 많이 가면서 공부는 거의 하지 않았다. 초등학교 때에는 그나마 반에서 5등 정도는 하였지만 중학교에 들어오면서 초등학교 때와는 달리, 공부를 하지 않는 친구들이 많이 생겼다.

아마 이때부터였을 것이다. 이때부터 나는 게임에 집중하기 시작해 성적이 많이 떨어졌다. 이렇게 1년 정도를 보내고 나니 어느새 나의 성적은 전교 70등 정도가 되었다. 중학교 2학년 때 이 점수를 보고 비로소 경각심이 들기 시작했다. 하지만 공부는 여전히 하지 않았다. 지금 생각해보니 아마 진로에 관한 관심을 가지지 않아서 그랬던 것일 수도 있을 거다. 내가 지금 하고 싶은 일이 무엇인지 알 수 없어서.

이렇게 시간을 흘려보내다 내가 처음으로 나의 진로에 관심을 가진 날은, 2학년 2학기의 어느 날이었다. 새로 만난 친구 덕분이었는데, 그 친구는 나와 다르게 구체적인 진로계획을 3개나 가지고 있었다. 그때 나는 조금 충격을 받아서 공부를 시작했다.

그 시기에 친구와 함께 한 연예인에 대해서 알게 되면서 더 노력을 더 하게 되었다. 그 연예인은 과거에 막대한 빚을 졌는데, 그 빚을 갚기 위해 포기하지 않고 계속 노력하며 사는 모습을 매체에서 보였다.

나는 그것을 보고 '지금 나는 뭘 하는 거지?' 라는 생각을 하며 자주 드나들던 pc방도 가는 횟수를 줄이고 학원도 다니기 시작하였다. 그렇게 노력한 결과, 결국 2학년의 마지막 기말고사에서는 전교 등수를 30등까지 끌어올렸다. 이때부터 나는 공부를 잘하는 친구들에 대해 열등감을 느끼는 일이 줄어들었다.

열등감에 대한 사람들의 인식은 보통 좋지 않다. 하지만 나는 열등감이 오히려 나를 성장시켰다고 생각한다. 열등 콤플렉스가 열등감이 된 거다. 열등감이 과하면 안 좋긴 하겠지만, 적당한 열등감은 오히려 자신을 채찍질을 하며 더 앞으로 나아갈 수 있게 하는 원동력이라고 생각한다. 그 예가 바로 나다. 앞에서 말했듯이 나는 처음에는 공부를 안 했지만 공부를 잘하는 친구들을 보며, 새로 사귄 친구를 보며 충격을 받았고 그것이 열등감, 시기 같은 감정으로 바뀌어서 내가 좀 더 노력할 수 있게 되었다.

하지만 지금, 이렇게 노력을 해도 여전히 진로의 방향은 정하지 못했다. 그 상태로 나는 2학년을 졸업하였다. 현재 중학교 3학년! 중학교의 최고 학년이다. 앞으로 1년 안에 내 진로를 결정할 수 있을까? 그럴 수 있기를 빈다.

세계는 단순할까? 복잡할까?

세계를 단순하게 볼 것인가, 복잡하게 볼 것인가에 대해서는 나는 단순하게 볼 것이다. 단순하다, 복잡하다는 상황에 따라 바뀔 수 있지만 결과만 따지고 본다면 단순하다.

세상을 살면서 이때까지 많은 일이 있었고 앞으로도 많은 일이 있을 테지만 결과적으로 생각하면 '많은 일이 있었다.' 혹은 '있을 것이다.' 라고 단순하게 생각할 수 있기 때문이다. 예를 들어 마트에서 물건을 살 때 복잡하게 생각하는 사람들은 '칼로리가 몇이지? 가격이 얼마지? 하고 하나하나 따져가면서 사고 단순하게 생각하는 사람들은 그냥 산다. 결국은 '산다.', '안 산다.' 이 두 가지 중 하나다.

그래서 나는 결과만 말하자면, 세계를 단순하게 볼 것이다. 두 갈림길을 예로 들어도 마찬가지이다. 오른쪽, 왼쪽 아무리 여러 장애와 변수를 고민하고 길을 정하고 가도 결과를 보면 오른쪽 길로 갔다, 왼쪽 길로 갔다. 둘 중 하나이기 때문이다.

원인론, 목적론?

나는 노력을 잘하지 않는다. 태생적으로 좀 게으른 것 같다. 그래서 일을 맡으면 대충하는 경향이 있다. 그래서인지 중학교 2학년 1학기 때까지는 노력을 하지 않아 성적이 좋지 않았다. 지금은 진로 때문에 노력을 기울이고 있지만 그때는 정말 가관이었다. 노력도 하지 않고 매일 같은 하루를 반복했다. 학교 - PC방 - 집 심지어 학원도 다니지 않았다. 그러니 시험을 잘 칠 리가 없다.

하지만 나는 시험을 쳐서 안 좋은 점수를 맞아 올 때마다 이렇게 생각했다. '아, 이건 모두 내가 노력을 하지 않아서 그런 거지. 내가 노력만 하면 이것보단 더 잘 나와.' 하면서 자기 위로를 했다. 노력을 하지 않았다는 원인이 있었기 때문에 내가 시험을 못 친 것이라고 합리화를 했던 것이다. 노력을 안 할 목적으로 시험을 일부러 못 친 것은 아니었기 때문이다.

내가 닮고 싶은 사람, 이상민

내가 닮고 싶은 사람은 연예인 이상민이다. 내가 이상민이라는 사람을 처음 알게 된 계기는 '더 지니어스' 라는 방송 프로그램이었다. 거기서 이상민이 어마어마한 빚을 지고 있다는 내용이 나와 관심이 갔다. 조사하다 보니 어느 블로그에서 놀라운 사실을 알 수 있었다. 이상민은 과거에 사업에 실패해서 빚이 69억 8천만 원이라는 어마어마한 빚이 있었다. 하지만 그는 계속 방송에 나와 그 빚을 갚아나가고 있었다. 만약 나였다면 69억이라는 커다란, 실감조차도 나지 않는 빚에 아마도 술에 절어 살거나 한강에 가지 않았겠나 싶다.

과거에 책에서 읽었던 '후회는 있지만 미련은 없다.' 라는 말이 이상민을 보면 생각난다. 이상민은 후회는 하고 있겠지만 현재에 집중하면서 계속 노력하고 있기 때문이다. 69억 8천만 원이라는 어마어마한 빚을 지고 싶다는 것은 아니다. 그의 포기하지 않는 성격, 노력하는 성격 등을 닮고 싶다. 그렇게 하기 위해서 나는 이제부터라도 내가 해야 하는 일들을 게을리 하지 않고 열심히 노력해야겠다.

나의 역할과 강점 찾기

나에게 역할이 있다면 내 역할은 3개로 나눌 수 있을 것이다. 친구들에게는 재밌고 잘 화내지 않는 친구, 가족들에게는 말을 잘 듣는 아들, 부탁을 잘 들어 주는 동생 등이 될 것이고, 선생님에게는 어떤 역할일지 잘 모르겠다. 아무튼 이런 것들이 나의 역할일 것이고 나의 강점이라 함은 아마도 노력, 부지런히 노력하는 것이다. 나는 예전에 매우 게으르고 노력하지 않았다. 하지만 어느 한 친구를 만나고 충격을 받게 되어 노력을 시작하게 되었다. 그리고 내가 닮고 싶은 사람을 찾게 되어서 더 열심히 노력하게 되었다. 이제는 노력하는 것이 바로 나의 강점이다.

자유와 과제

자유란 외부적인 구속이나 무엇에 얽매이지 아니하고 자기 마음대로 할 수 있는 상태를 말하고 과제는 숙제같이 주어지는, 자신이 해야 하는 것이다.

인생에 이 자유와 과제가 있다면 나는 자유와 과제, 이 둘 다 적당히 해야 한다고 한다. 인생에서 자유가 없으면 평생 동안 일만 하면서 조금도 쉬지 못하는 생활이 계속될 것이다. 그렇게 계속 일만 하면 사람들은 지치게 되고 인생에 낙이라곤 없다. 반대로 인생에서 과제가 빠지고 자유만 남게 된다면 처음에는 좋을 것이다. 하지만 점점 지루해질 것이다. 사람은 일을 하고 그것의 성취감을 얻기 때문이다. 그러기에 자유와 과제는 둘 다 적당히 있어야 된다. 이 자유와 과제가 둘 다 적당히 있게 하려면 그냥 살아가면 된다. 내 생각에는 삶은 자유와 과제가 균형을 이룬 것이라고 생각한다. 사람들은 열심히 일을 하거나 잠시 일에 지쳐서 쉬거나 이런 행동들이 과제와 자유일 것이다. 그러려면 누구의 과제인지 일의 분류를 잘해야 할 것이다. 그래야 과제에서도 자유로울 수 있다.

충성심 그리고 배신자

백이와 숙제는 과거 나라를 위해 자신의 목숨을 바쳐서 충성을 다했다. 이미 나라가 망했지만 그래도 충성심을 버리지 못하고 계속 산에 들어가서 산다. 솔직히 나는 그들이 이해가 가지를 않는다. 내가 만약 나라를 위해 목숨을 버려야 된다면 망설임 없이 나라를 버리겠다. '나라를 구하면 나한테 좋은 게 뭐지? 나라가 나한테 뭘 해줬지? 내가 목숨을 버리면 무조건 나라를 구할 수 있나?' 라는 것이다. 특히 내 목숨을 버렸는데도 나라를 구하지 못한다면 그것은 개죽음이나 다를 것이 없기 때문이다. 물론 지금 우리나라에 불만이 있다는 것은 아니지만 아직 나라를 위해 나를 버리기에는 내 목숨이 아깝다. 하지만 만약 내 목숨 하나만 바치면 나라를 구할 수 있다면 생각은 조금 해볼 수 있다.

백이와 숙제에는 나라를 배반한 배신자는 떵떵거리면서 살고, 애국자는 힘들게 사는 것이 보이는데 이 이야기를 보면서 나는 일제 강점기 이야기가 떠올랐다. 일본 쪽에 붙은 친일파들은 일제 강점기가 끝나고도 돈으로 잘 살고, 독립 운동가들은 독립운동을 하느라 돈을 다 써서 힘들게 살았다고 한다. 여기서 보면 독립 운동가들이 불쌍하고 친일파들이 천하의 쌍놈인 것 같지만 나는 그렇게 생각하지 않는다. 물론 내가 친일파라는 소리는 아니다. 보는 관점을 살짝 비틀면, 친일파들은 우선순위가 다른 사람들과 다른 것일 뿐이다. 독립 운동가는 우선순위가 나라이며 살아가는 방법으로 투쟁을 선택하였을 뿐이고, 친일파들은 우선순위가 자신의 목숨과 돈이고 살아가는 방법이 아첨일 뿐이다. 그러므로 나는 백이와 숙제 이야기에서 나온 배신자들이 그다지 나쁘다고 생각하지는 않는다.

장자 이야기

장자의 이야기에서 붕어는 지나가는 장자를 보고 자신이 물이 없으니 물을 조금만 달라고 하였다. 장자는 자신이 물줄기를 틀어 물을 준다고 하니 자신을 도와주려고한 장자에게 자신은 작은 도움만 있으면 되는데 왜 그렇게 큰 도움을 주느냐 하고 도리어 화를 내었다. 처음 이 이야기를 봤을 때는 장자는 붕어를 도와주었을 뿐인데 왜 붕어가 화를 내었을까 궁금했었다. 붕어는 오히려 고마워해야 하는 것이 아닌가 생각했다.

지금은 붕어가 이해가 되는 것 같다. 일상생활에서 예를 들자면 어떤 살인마가 집에 들어왔다. 집주인은 살인마가 무서워서 지나가는 행인한테 도움을 청했다. 그런데 행인은 자신이 경찰을 불러올 테니 5분만 기다리라고 하였다. 이 상황과 같은 것이다. 지금 당장 죽을지도 모르는데 5분이나 기다리라니 내가 집주인이었어도 화를 냈을 것이다. 붕어도 아마 똑같은 마음이었을 것이다.

나의 미래

나의 역할과 강점을 반영한 미래가 있다면 그 미래는 아마도 내가 다른 사람들 싸움을 말리면서 중재를 시키는 중재원 또는 중재위원회에 있을 것이다. 거기에서는 법원에서 받지 않는 종류들의 문제들을 받을 것이다.

내가 중재를 한다면 아마 사람들이 최소한 피해가 안 가도록 서로의 의견을 최대한 모으는 쪽을 할 것 같다. 왜냐하면 내가 다른 사람들이 피해를 받는 것을 꺼리는 성격이기 때문이다.

만약 내 강점까지 생각한다면, 나는 아마도 무역중재 같은 곳에 가서 분위기가 안 좋아지면 넉살 좋게 넘겨가면서 일을 할 것이다. 아니면 의외로 판사가 되어 법이라는 방식으로 사람들을 중재할 수도 있을 것이다. 변호사나 검사는 의뢰인을 도와 상대편이랑 싸워야 되니까 성격에 맞지 않아 되지 않을 것 같고 만약 진짜 판사가 되어서 중재를 한다면 아마도 민사 재판 등을 자주 담당하게 될 것이다. 거기서 사람들의 피해들을 최소한으로 줄이면서 재판을 하겠다. 내가 생각하기에 훌륭한 판사는 재판 뜻대로 중재를 하는 것이고 좋은 판사는 양 측의 의견을 들어주는 것이다. 만약 내가 판사가 된다면 훌륭한 판사는 되지 못하겠지만 좋은 판사는 될 수 있을 것이다.

30년 후 만약 내가 신문에 나온다면

30년 뒤 내가 신문에 나온다면 내 나이는 그때쯤 46살이다. 그 나이 정도 되면 나만의 직장을 가지고 살아가다가 성공해서 신문에 나오거나, 아니면 현실을 이기지 못해 죽은 사람 정도로 나올 것이다.

전자일 경우에는 내가 기술자, 판사, 아니면 작가로 나왔으면 좋을 것 같다. 예상이 되는 신문내용을 대충 생각해 봤을 때 기술자면 ["한 분야의 장인을 만나다!" 20여 년, 한 직업에 종사중인 장인 김민욱, 다른 사람들은 한 작업에 10분 정도 걸리는데 혼자서 5분 만에 하는 비결은? "열심히 노력하면 됩니다."] 같은 내용이 나올 것이다.

후자일 경우는 내가 꿈을 이루지 못하고 힘겨워하면서 그럴 것 같은데 만약에 나온다면 이렇게 될 것이다. ["46세 김 모 씨 한강에서 투신자살" 오늘 아침 7시경 한강 하류에서 시체가 발견돼 신원조사를 하니 46세 김 모 씨로 밝혀졌다. 집에는 '힘들었다.', '이렇게 사는 자신이 한심스럽다.', '부모님께 죄송하다.' 라는 유서들이 발견되었다.] 이렇게 나오겠지. 하지만 역시 후자일 경우는 나오지 않았으면 좋겠다.

ENFJ ? INFJ ?

MBTI 검사란 자신의 성격유형을 나타내주는 것인데 나는 검사결과가 ENFJ / INFJ이다.

ENFJ는 '정의로운 사회운동가' ENFJ형 사람은 카리스마와 충만한 열정을 지닌 타고난 리더형이다. 인구의 대략 2%가 이 유형에 속하며, 정치가나 코치 혹은 교사와 같은 직군에서 흔히 볼 수 있다. 이들은 다른 이들로 하여금 그들의 꿈을 이루며, 선한 일을 통하여 세상에 빛과 소금이 될 수 있도록 사람들을 독려한다. 또한, 자신뿐 아니라 더 나아가 살기 좋은 공동체를 만들기 위해 사람들을 동참시키고 이끄는 데에서 큰 자부심과 행복을 느낀다고 하는데 나는 ENFJ랑 내 성격은 전혀 반대라고 생각한다. 나는 열정은 지니고 있지만 카리스마 등이 없고 리더랑은 전혀 어울리지 않다고 생각하기 때문이다.

INFJ는 '선의의 옹호자' 라고 불리며 전 세계의 성격 중 1%도 안 된다고 한다. 이 '선의의 옹호자' 는 이상향이나 도덕적 관점이 마음 안에 깊숙이 들어와 있으며 바라보는 이상향을 향해 게으름을 절대로 피우지 않는다고 한다. 나는 아직 이상향 같은 것을 꿈꾸지는 않지만 만약 내가 이상향을 꿈꾼다면 저렇게 될 수도 있겠다.

이들은 또한 타인과 스스럼없이 잘 어울리며, 대화할 때 단순한 논리나 사실에 입각한 딱딱한 대화가 아닌 따뜻하고 섬세한 언어를 사용하여 인간 대 인간으로 이야기를 나눈다. 이로 인해 주변 가까운 친구나 동료는 이들을 다소 외향적인 성격의 사람으로 오해하기 쉬우나, 사실 이들은 갑자기 물러서야 하는 상황이 생겼을 때 마음의 평정심을 잃지 않을 수 있도록 잠시 생각을 비우고 재충전할 수 있는 혼자만의 시간을 가지기를 원한다. INFJ 유형 사람은 다른 이들의 감정을 섬세히 잘 살피며, 다른 이들도 역시 마찬가지로 그렇게 해주기를 바란다고 한다.

INFJ의 성향은 이렇다고 나오는데 나랑은 다른 점도 조금 있고 같은 점도 조금 있다. 타인과 스스럼없이 잘 어울리는 것은 아니지만 다른 친구들이 나를 외향적인 사람으로 착각하지만 나는 잠시 동안 재충전을 해야 될 때가 있다.

친구들이 좀 심한 말을 하거나 나 스스로가 화를 참아야 할 때 나는 이럴 때에 감정을 다스리게 하기 위하여 혼자만의 시간을 가진다. 친구들이 심한 말을 하거나, 나 스스로 화가 날 때 혼자만의 재충전 시간을 가지는데 이런 것들을 보면 성격유형검사도 의외로 믿을 만하다고 생각한다.

나의 진로와 각오

나는 공부를 그다지 잘하는 것이 아니기 때문에 아마도 앞에서 적은 내 미래에 관한 이야기들이나 내 꿈들을 이루지 못할 가능성이 크다. 아마도 잘되면 기술자가 될 것이다. 하지만 앞에서 말한 대로 나는 무엇이 되든지 간에 계속 노력하면서 인생을 살 것이다.

에필로그

반 년 동안 책을 쓰면서 재밌는 주제들도 나오고 교훈을 주는 주제들도 나와서 내가 한 번 더 성장할 수 있는 기회가 된 것 같다. 주제가 주제인지라 미래에 관련해서 생각할 기회가 많았는데 이 덕분에 나의 미래에 대해 점점 윤곽이 잡힌 것 같다. 이번 책쓰기 동아리도 정말 좋은 경험이었던 것 같다.

세상을 보는 다양한 관점

박 경 민

프롤로그

책쓰기 2년차, 나에겐 좀 더 새로운 글에 도전해 볼 수 있는 기회가 왔다. 작년에는 내가 쓰고 싶은 소설을 썼지만 이번에는 '나는 어떻게 살 것인가?' 라는 또 다른 주제에 도전한다. 나의 미래는 아직 정해지지 않았지만, 10년, 20년, 30년이 지나고 변한 나의 모습은 어떻게 되고 어떤 면에서 바뀌었는지 진실이 담긴 나의 마음을 바탕으로 쓴 글이다.

세상을 보는 다양한 관점

지금까지 내 인생을 15년 동안 살아오면서 마치 내 인생이 간단한 것 같기도 하고 복잡한 것 같기도 했다. 그건 아마 사람들이 생각하는 바가 달라서가 아닐까?

2008년, 3월 초등학교라는 곳에 처음 들어간 나는 보는 모든 것이 다 신기했다. 처음 만난 친구들, 처음 만난 선생님…. 모든 것이 낯설기만 했다. 6년 동안의 초등학교 생활 중에서 아쉬운 점은 다양한 경험을 할 수 있었음에도 불구하고 하지 못했다는 것이다.

예를 들면 학급 회장 및 부회장, 전교 회장 및 부회장 등. 각 반의 리더, 대표이니까 많이 긴장도 되고 더군다나 반을 이끌어가야 하는 중요한 역할을 해야 되는 입장이기 때문에 쉽게 나서기가 힘들었다. 그때까지만 해도 "세상 참 살아가기 힘들구나." 하고 멘붕 수준에 왔었다.

그리고 중학교 입학을 한 이후에는, 초등학교 때보다는 긴장도 풀리고 빨리 적응했다. 자신감이 생긴 것이다. 1, 2학년 학급 반장도 해 보고 각종 학교 행사에도 많이 참여하니 초등학교 때의 아쉬움이 다시 생각난다. '내가 조금만 더 자신감이 있었으면 좋았을 텐데, 용기가 있었으면….'

이처럼 세상은 간단하기도 하면서 복잡한 것 같기도 한 두 개의 성격을 가진 것 같다.

예를 들어, 사과 한 개가 있는데 내가 이 사과를 먹으면 맛있고 배부를 것이다. 하지만 만약 그럴 수 없을 것 같은 극단적인 상황에 처해있을 때 즉, 가족과 같이 있을 때 어떻게 하면 불만 없이 사과를 공평하게 나눠 먹을 수 있을까? 라는 새로운 문제가 주어지면 생각이 복잡해지는 것과 같은 예이다.

원인론 목적론

내 취미는 수영이다. 지금도 수영을 7~8년 정도 다니고 있지만 수영을 완전 선수들처럼 잘하는 편은 아니다. 초등학교 5학년 때, 난 두류수영장에서 열리는 마스터즈 대회에 나가게 되었다. 물론 마스터즈 대회라 나와 실력이 비슷한 친구들만 올 줄 알았는데 시합 전 몸 푸는 걸 보니까 너무 다 잘해서 긴장을 했다. 내 주종목은 배영이었다. 배영은 피니쉬 라인에 도착했을 때 벽을 터치해야 하는데 뒤로 누워서 하는 종목이기 때문에 어디가 피니쉬 라인인 줄 잘 몰랐다. 그래서 가끔 수영하다가 벽에 머리를 박은 적이 있었다.

대회 전날, 그 연습을 많이 했는데도 긴장이 되었다. 드디어 내 차례가 되고 스타트 라인에 섰다. 심판의 총소리가 울리고 나는 온 힘을 다해 앞으로 나아갔다. 피니쉬 라인이 가까워지자 순간 긴장을 했다. "혹시 머리를 박진 않을까?" 하던 찰나에 뒤로 잠수를 해서 손을 벽에다 터치했다. 그리고 일어났는데 전광판에 내 등수가 찍히지 않아 당황해서 다시 한 번 세게 눌렀다. 이제야 등수가 나왔다. 순위는 4등, 좀 아쉬웠다. 그 결과는 내가 피니쉬 라인에서 벽을 터치하는 연습을 하지 않은 게 원인이라고 본다. 잘하면 메달을 딸 수 있었을 텐데…. 다음에는 이런 실수를 하지 않겠다고 다짐했다. 그 이후, 난 배영 연습을 매일 하게 되었고, 더 잘하게 되었다. 그리고 어른들과 선생님들의 칭찬을 많이 받게 되어 내 자신이 뿌듯하다는 것을 느꼈다. 내 수영 실력을 꾸준히 유지시켜야겠다고 생각했다.

과거의 나

과거의 나와 지금의 나는 달라진 점이 많다. 옛날에는 철이 없어서 장난도 많이 치고 그랬는데 지금은 중학교 2학년이다 보니 성적에 많이 집중하게 되었다. 장난기도 많이 없어졌다. 과거에 나한테 일어난 일을 생각해보면, 6살 때 바닥에 손을 짚고 있다가 팔이 빠진 기억, 고등어 가시가 목에 박힌 기억, 만두 먹고 토한 기억 등 아픈 추억이 생생하게 기억에 남는다. 그런데도 그 아픈 기억들을 나 스스로 이겨냈다는 거 자체가 참 고맙기도 하다.

지금은 중학교에서 두 번째 학년을 맞고 있다. 2학년 4반 실장으로서 맡아야 할 역할, 우리 반을 이끌어나가야 할 역할들도 잘하고 있다. 중간 중간에 힘든 일도 극복해낼 것이다. 미래에는 과거의 나보다 더 성장하고 인생을 더욱더 재밌게 살아나가야겠다.

30년 후에 내가 신문에 나온다면

내 장래희망이 아직까진 정해지진 않았지만 한 달 전 진주에 있는 공군항공과학고등학교 입학설명회가 있어 가족 모두 진주에 가게 되었다. 어떻게 하면 그 학교에 합격할 수 있는지와, 졸업 후 진로, 기타 등등을 알 수 있게 되어 나에겐 뜻 깊은 시간이 되었다.

만약 30년 후. 정확히 45살이 되어 신문에 나온다는 것은 나에겐 기쁜 일이다. 하지만 내가 나쁜 짓을 했거나 안 좋은 일이 있었을 시에는 참으로 부끄러운 일일 것이다. 그래서 이 주제에 대해 나는, 나의 행동에 따라 신문에 나왔을 때 기쁘거나 부끄러운 일이 일어날 것이라고 생각한다.

신문에 나오기 위해서는 항상 내 꿈을 향해 노력해야 하고 포기하지 않는 끈기가 있어야 한다. 그렇지 않으면 절대로 신문에 나올 수는 없다고 생각한다.

아래는 내가 실제로 신문에 기사가 났을 때를 예상하여 가상 대화를 한 것이다.

기자 : 아, 지금 막 대한항공 관제센터장이신 박경민 씨가 오고 있는 중입니다. 잠시 인터뷰를 하도록 하겠습니다. 박경민 씨, 어떻게 해서 이렇게 유명한 항공관제센터장이 되셨습니까?

박경민 : 제가 잘할 수 있는 게 무엇일까? 하고 고민하다가 찾은 것이 바로 항공관제를 통해 비행기 충돌 사고, 항공기 추락 등 안전사고를 방지할 수 있는 시스템을 구축하는 것이었습니다. 이 시스템을 구축하면서 비행기 운행 관련 안전사고가 대폭 줄어들면서 제 입지를 굳히게 되었지요.

기자 : 아, 그렇군요. 정말 대단하시네요. 마지막으로 한 말씀 하시죠.

박경민 : 앞으로 우리나라 하늘을 더욱더 안전하게 지키고 같이 일하는 사원들에 항상 모범이 되는 게 제 목표입니다.

기자 : 네, 감사합니다.

이처럼 난 항상 남들에게 비난받거나 부끄러운 일을 해서 기사에 나는 것보다는 착하고 좋은 일을 많이 해서 기사에 나는 게 자랑스럽다고 생각한다. 앞으로 생각하면서 행동해야겠다.

닮고 싶은 사람 떠올리기

나의 롤모델은 누구일까? 생각해보면 너무 많다. 닮고 싶은 사람이 많기 때문이다. 그 중에서도 나는 현 삼성 라이온즈에서 아직까지도 선수로 뛰고 있는 이승엽 선수를 나의 롤모델로 삼겠다.

그렇다면 이승엽은 누구일까? 2003년 일본 프로야구 지바 롯데 마린스에 2년 계약으로 5억 엔(한화 약 55억원)을 받고 입단했다. 이후 요미우리, 오릭스를 거치며 타율 0.257에 159홈런, 439타점의 성적을 남겼다. 그는 2011년 12월 5일 한국 프로야구 삼성 라이온즈와 1년간 연봉 8억원, 옵션 3억원 등 총 11억 원에 공식 계약하며 8년 만에 삼성으로 복귀했다. 매순간을 전설로 만들어가고 있다. 나이 마흔에 저런 투혼이 어디서 나올까? 컨디션도 스스로 잘 관리하시는 게 참 대단하다고 느껴진다. 뿐만 아니라 그는 지금 한일통산 600홈런이라는 대기록을 앞두고 있고, 많은 선수들을 제치고 현재 타점 7위, 홈런 공동 10위에 올라와 있다. 내년에 그는 은퇴를 한다고 하니 뭔가 아쉽지만 고맙다는 생각이 먼저 든다.

만약 이승엽 선수가 삼성 라이온즈에 없었더라면, 지금의 삼성은 팀 분위기가 좋지 않고 사기가 저하될 수도 있었을 것이다. 팀의 맏형, 고참으로서 어린 선수들에게 하나씩 경기 감각, 응원, 주루 플레

이, 타격 연습 등 끝없이 가르쳐주시는 선수, 나는 그런 이승엽 선수를 존경한다. 그리고 그의 성실함과 능력, 꾸준함을 꼭 닮고 싶다.

역할과 강점 찾기

나는 우리 가족의 든든한 장남이자, 학급의 의리 있는 친구이며, 열다섯 살의 청소년의 역할을 맡고 있다. 장남으로서 부모님 심부름도 알아서 하고, 감사한 마음으로 용돈도 받는다. 학교에서는 2학년 4반의 책임감 투철한 실장이다. 책임감이 강함과 동시에 글씨를 바르게 쓴다. 또 나는 15살의 파릇파릇한 청소년이다. 술, 담배 등 유해한 물질 등과 접촉해서는 안 되고, 웃어른에게 예의가 있어야 되며, 봉사 활동도 적절히 해야 한다. 이런 다양한 역할들을 토대로 나의 강점은 무엇일지를 살펴보았다.

첫 번째로는 바른 생활을 하고 있다. 청소년 시기에는 사춘기가 찾아와 웃어른에 반항심이 생기고, 버릇없이 행동하는데 나는 조금은 그러더라도 바로 죄송하다는 말을 한다.

두 번째, 성격이 활발하다. 학교 친구들과 잘 어울리고, 빨리 친해지는 게 내 강점이다. 친구들의 말에 귀를 기울이고 서로의 입장을 이해하려고 한다. 또, 글씨를 잘 쓴다. 초등학교 때부터 친구들, 선생님들께 글씨를 잘 쓴다는 칭찬을 받았는데 중학교에 와서도 그 칭찬을 듣고 있다.

세 번째, 바른 생활을 하고 있다. 바람직한 청소년이란 술, 담배 등

유해한 물질 등과 접촉해서는 안 되고, 웃어른에게 예의가 있어야 되며, 봉사 활동도 적절히 해야 한다. 하지만 이 시기의 많은 청소년들은 사춘기가 찾아와 이성적이지 못하고 반항적이며 버릇없는 행동을 하곤 한다. 나는 조금이라도 그런 상황이 생기면 바로 죄송하다고 사과를 한다. 이러한 강점이 있는 반면, 단점도 존재한다. 손톱을 물어뜯는 행동 등은 내가 고쳐나가야 할 숙제이기도 하다. '세 살 버릇 여든까지 간다.' 라는 말이 있듯이 한 번 길들인 나쁜 버릇은 고치기 어렵지만 그래도 고쳐나간다면 무엇이든지 잘해낼 거라 믿는다.

나의 미래

2016년 4월, 가족들과 함께 진주에서 열린 공군항공과학고등학교 입학설명회에 갔었다. 자리가 꽉 찰 정도로 많은 사람들이 온 만큼 긴장도 되는 반면에 호기심이 많아졌다. 나의 꿈에 대해 한 번 더 생각하는 계기가 된 셈이다. 우선, 항공과학고가 어떤 학교이고 1차 전형부터 차례차례 들었다. 1차 전형은 중학교 내신 성적으로 입학자를 가려낸다. 집중적으로 보는 과목은 영어, 수학, 기술 가정이다. 2차 전형 때는 창의 적성 평가, 인성 검사를 통해 입학자를 한 번 더 가려낸다. 마지막으로 3차 전형 때는 면접, 신체검사, 체력검정, 신원조회를 통해 최종 입학자를 뽑는다. 졸업 후 진로 등 차례차례 주의 깊게 들었다.

지금 내 성적, 출결 사항, 봉사 활동 등을 보았을 때는 합격할 수가 있다. 하지만, 아직 2학년 2학기 중간고사, 기말고사, 수행평가와 3학년이 남았기 때문에 어떻게 될지 모른다. 또한 3학년은 내신 비중이 50%나 들어가서 매우 중요하다. 그렇기에 난 물론 항공과학고에 가지 않더라도 좋은 고등학교로 갈려고 노력을 하고 있다. 솔직히 내 꿈은 아직 확실히 없다. 그러나 얼마 남지 않은 중학교 생활에서 내 꿈을 찾기 위해 다양한 경험들을 많이 쌓고 또 새로운 도전도 해봐야겠다고 다짐했다. 언젠가 내 꿈을 찾을 그날을 위해!

자유와 과제

자유와 과제는 서로 한 몸이라 생각한다. 만약 자유와 과제가 없다면 어떻게 될까?

첫 번째, 내 삶이 불행해진다. 사람들은 힘든 일을 겪거나 하기 싫은 일을 다 하고 나면 스트레스가 쌓인다. 그런데 그 스트레스를 풀기 위해서는 자신의 취미나 잘하는 것 같은 자유의 시간을 가져야 한다. 자신의 취미, 잘하는 것을 해야 되는데, 자유가 없으면 스트레스는 더욱더 쌓일 것이고 결국 극단적인 선택(자살)까지 하게 된다.

두 번째, 둘 중에 하나라도 없다면 불편하다. 예를 들어, 오늘 나에게 중요한 과제가 주어졌다고 하자. 내일까지 해야 한다는 기간이 없으면 나는 열심히 놀기 바쁠 것이고, 과제 자체가 없고 매일 놀기만 한다면 발전이 없을 것이다. 이렇게 두 가지 근거로 하여 자유와 과제는 서로 공존하고 한 몸이라 생각한다.

장자

장자가 형편이 딱한 붕어를 보고 당장 오나라와 월나라로 가서 서강의 물줄기를 끌어들이겠다고 했다. 그러나 도움을 주겠다고 했음에도 불구하고 붕어는 화를 내었다. 물론 나중에 준다고 하긴 했지만 과연 상대방의 도움을 저렇게 화를 낼 필요가 있을까?

사실 나 같은 경우는 어려운 상황이나 힘든 상황에 처하면 상대방의 도움을 받는다. 그리고 도움을 받으면 항상 고맙다는 말 한마디라도 한다. 그런데 붕어는 너무 과분하게 도움을 주는 것 같다며 화를 낸 것이다. 아무리 그래도 붕어는 장자에게 고맙다는 말과 동시에 미안하다는 말을 하는 게 맞지 않을까?

실제로, 못된 사람들이나 재벌, 싸가지가 없는 깡패들 같은 경우는 아무리 자기들이 어려운 위기 상황에 놓여도 상대방의 도움을 받아도 몇몇은 고맙다는 말을 하지만, 대부분 억지로 하는 경우가 많을 것 같다. 왜냐하면 귀찮거나 당연한 행동을 해야 됐다고 생각하기 때문이다. 이런 마인드 자체를 바꾸었으면 좋겠다.

충성심 혹은 나쁜 사람

백이와 숙제는 원래 서쪽 변방에 살던 형제로, 변방의 작은 영지인 고죽국의 후계자였다. 고죽국의 영주인 아버지가 죽자, 이 둘은 서로에게 자리를 양보하며 끝까지 영주의 자리에 나서지 않으려 했다. 이때 상나라의 서쪽에는 훗날 서주 문왕이 되는 희창이 작은 영주들을 책임지는 서백의 자리에 있었다. 희창이 죽고 그의 아들 희발(서주 무왕)은, 군대를 모아 상나라에 반역하려 했다. 희발의 부하 강태공은 뜻을 같이하는 제후들을 모아 전쟁 준비를 시작했다. 이때 백이와 숙제는 무왕을 찾아와 다음과 같이 간언했다.

"아버님이 돌아가신 후 아직 장사도 지내지 않았는데 전쟁을 할 수는 없다. 그것은 효가 아니기 때문이다. 주나라는 상나라의 신하 국가이다. 어찌 신하가 임금을 주살하려는 것을 인이라 할 수 있겠는가."

이에 희발은 크게 노하여 백이와 숙제를 죽이려 했으나, 강태공이 이들은 의로운 사람들이라 하여 죽음을 면했다. 이후 희발은 상나라를 토벌하고 주나라의 무왕이 되었다. 백이와 숙제는 상나라가 망한 뒤에도 상나라에 대한 충성을 버릴 수 없으며, 고죽국 영주로 받는 녹봉 역시 받을 수 없다며 수양산으로 들어가 고사리를 캐먹었다. 이때 왕미자라는 사람이 수양산에 찾아와 백이와 숙제를 탓하며, "그대들은 주나라의 녹을 받을 수 없다더니 주나라의 산에서 주나라의 고사리를 먹는 일은 어찌된 일인가." 하며 책망하였다. 이에 두 사람은 고사리마저 먹지 않았고, 마침내 굶어 죽게 된다. 이후,

백이와 숙제의 이야기는 끝까지 두 임금을 섬기지 않고 충절을 지킨 의인들을 가리키는 표현으로 사용되어, 중국 문화권의 문헌에서 여러 차례 언급된다. 이에 대해 나는 여러 가지 생각을 많이 했다. 백이와 숙제가 과연 충성심이 있는 사람일까?

성격유형검사

MBTI(Myers-Briggs Type Indicator)는 성격유형검사이다. 이 검사에는 크게 16개의 각각 다른 성격이 있다. 그 중에서 나에 맞는 성격은 ISTJ 혹은 ISFJ이다. 먼저, ISTJ부터 살펴보자. ISTJ는 가장 다수의 사람이 속하는 성격유형으로 인구의 대략 13%를 차지한다. 청렴결백하면서도 실용적인 논리력과 헌신적으로 임무를 수행하는 성격으로 묘사되기도 하는 이들은, 가족 내에서 뿐만 아니라 법률 회사나 법 규제 기관 혹은 군대와 같이 전통이나 질서를 중시하는 조직에서 핵심 구성원 역할을 한다. 이 유형의 사람은 자신이 맡은 바 책임을 다하며 그들이 하는 일에 큰 자부심을 가지고 있다. 또한, 목표를 달성하기 위해 시간과 에너지를 허투루 쓰지 않으며, 이에 필요한 업무를 정확하고 신중하게 처리한다.

뭐든 쉽게 가정하여 결론 내리지 않는 이들은, 주변을 객관적으로 분석하고 사실에 입각하여 현실적으로 실행 가능한 계획을 세우는 것을 선호한다. 허튼짓하는 것을 무엇보다도 싫어하는 사람으로 결정을 내린 후에는 목표를 달성하는 데 필요한 사실을 열거함으로써 다른 이들로 하여금 이를 재빨리 인지하여 즉시 실행해 옮기기를 독려한다. 특히나 우유부단한 것을 몹시 싫어하며, 혹 결정 내린 실행안이 비현실적인 이유로 장애에 부딪혔을 때 쉬이 인내심을 잃기도 하는데, 특히 목표 달성에 필요한 핵심 세부사항을 놓치는 경우에는 더욱 그러하다. 만일 마감 시간은 가까워져 오는데 논의가 성사되지 않은 채 시간만 질질 끄는 경우, 이들의 불편한 심기가 얼굴에 그대로 나타나기도 한다.

다음 ISFJ를 살펴보자. 다른 알파벳은 다 똑같은 데 한 글자만 다르다. 바로 T와 F인데 과연 어떤 차이가 있는지 알아보자.

INFJ는 가장 흔치 않은 성격유형으로 인구의 채 1%도 되지 않는다. 그럼에도 불구하고 이들은 나름의 고유 성향으로 세상에서 그들만의 입지를 확고히 다진다. 모든 외교형(NF) 성향의 사람이 그렇듯, 이들 역시 그들 안에 깊이 내재한 이상향이나 도덕적 관념이 자리하고 있다. 다만 이들이 외교형 사람과 다른 점은 이들에게는 계획형(J) 성향이 강하게 내재해 있다는 점이다. 바라는 이상향을 꿈꾸는데 절대 게으름 피우는 법이 없으며, 목적을 달성하고 지속적으로 긍정적인 영향을 미치고자 구체적으로 계획을 세워 이행해 나간다.

나는 어떻게 살 것인가

내 미래는 어떨까? 내 꿈은 무엇일까? 이렇게 물어보면 대답하기 참 어렵다. 그런데 나는 행복하게 살고 싶은 게 내 꿈이다. 지금까지의 내 삶은 별로 행복하지 않은 삶이었다. 다양한 것들을 새롭게 시도해 보지 않고 너무 현실적으로만 살아온 것이다. 또한 남을 위해 도와주고 봉사 활동도 많이 하진 않은 것 같다.

만약에 남을 도와주고 보람 있는 활동도 많이 한다면, 내 삶이 더 행복하지 않을까? 말로만 도와준다는 것보다는 행동으로 보여주는 게 더 나은 방법인 것 같다. 다양한 경험 중에서도 스카이다이빙, 세계에서 가장 무서운 롤러코스터 타보기가 죽기 전에 내가 하고 싶은 것 베스트 2이다.

에필로그

작년과는 달리 소설 말고 나에 대한 이야기를 쓴다 하니 뭔가 새로우면서도 과연 나는 어떤 사람인지 무엇을 하는 사람인지 특별하다는 느낌을 받았다. 현재 내가 살고 있는 삶이 어떠한지, 미래에 나의 모습, 미래와 현재의 나의 모습의 차이점을 중심으로 글을 써 보니 쉽지만은 않았다. 정작 쓸려고 보니 내 모습에 관심도 가지지 않았다는 게 참 아쉬웠다. 항상 삶에 자신감을 가지고 나에 대해 좀 더 관심을 가져야겠다는 생각이 들었다. 책 쓰는 과정은 힘들었지만 다 쓰고 나니 뿌듯하다.

내가 자랄수록

박 성 현

프롤로그

따뜻하고 쌀쌀한 가을을 맞이해 내 마음속에 묵혀진 글을 지금 쓰려고 한다.

내가 자랄수록

세상은 경험을 쌓을수록 보는 관점이 달라지는 것 같다. 유치원 때 기억은 잘 나지 않지만 그때의 나는 참 단순했던 거 같다. 항상 아무 생각 없이 엄마에게 장난감 사달라고 떼쓰고 일어나기 싫어했고 게임만 한 것이 아련하게 생각난다. 성장하면서 많은 경험을 하면서 나름대로 철도 들고 성적 걱정도 하기 시작했다.

지금의 나는 꽤 세상을 복잡하게 보는 것 같다. 그렇다고 단순한 면이 아예 없어진 것 같지는 않다. 아직까지도 아침에 일어나는 것이 항상 귀찮고 무작정 학원에 가기 싫고 부모님 말씀이 귀찮다. 부모님 잔소리 하나하나가 '세상을 보는 관점이 나와 달라서 그런 게 아닐까?' 라는 생각이 든다. 물론 나를 위해 하시는 소리인 건 잘 알지만 이해할 수 없고 귀찮은 게 현실이다. 철들어라, 철들어라 하는 것 역시 세상을 복잡하게 봐야만 나올 수 있는 말씀이다. 다시 돌아보면 후회하면서도 이해가 안 되는 면도 있다.

학교에서 9시간 가까이 보내고 학원에서 3시간 동안 하루의 반을 열심히 보내고 늦게 집에 돌아오면 밥 먹고 씻고서야 한숨 돌릴 시간이 난다. 그때 잠시 쉬고 있으면 부모님이 "너는 공부는 안 하냐?" 이러신다. 부모님이 보시는 세상의 관점에서 학생은 쉴 틈 없이 공부를 해야만 되는 존재인가 보다. 세상을 다르게 보는 사람의 생각도 좀 헤아려 주셨으면 좋겠다. 세상을 보는 관점은 서로 다르지만 상대의 관점을 존중해주는 배려를 가졌으면 좋겠다.

귀여운 녀석들

불과 재작년부터 내가 변하기 시작했다. 나도 내가 왜 이렇게까지 바뀐 건지 신기할 정도다. 2008, 2011년에 나를 바꾼 두 명의 생명체가 태어났다. 그 생명체들은 바로 나의 사촌들이다. '어떻게 하면 이렇게 귀여운 아이들이 탄생할 수 있을까?' 라는 생각과 함께 '재들은 언제 말할까?', '나도 저런 시절이 있었겠지?'라는 생각들도 함께 들었다. 하지만 그것도 잠시, 내가 가족의 사랑을 독차지하고 있었는데 그 아이들이 사랑을 다 빼앗아가 버렸다. 그리고 동시에 내가 형이 된다는 책임감도 들었던 거 같다.

지금은 적응됐지만 그때는 어린 나이에 참 많은 생각을 했던 기억이 어렴풋이 나는 거 같다. 그리고 얼마나 시간이 지났을까 손이 코딱지만 하던 애들이 어느새 서로 말이 통하고 학교와 유치원에 다니는 아이들로 성장했다. 어른들이 시간이 빨리 간다고 하는 이유를 그때야 비로소 조금 느꼈다. 그들이 장난을 쳐도 무서워하고 재밌는 기분을 느끼는 나이가 되었기 때문에 그때부터 장난을 조금씩 시작했다. 사실 내가 장난이 점점 심했던 이유는 내 사촌형 역시 나를 많이 괴롭혔기 때문에 화풀이였을 수도 있다. 물론 내 의사도 있었다. 좀 심하게 장난을 치면 그 친구들이 울고 무서워하는 것이 왜 이렇게 재밌었을까? 나도 당해 봤으면서 계속 했던 것이 나를 여기까지 불러온 걸까?

초등학생 때의 나는 나름대로 조용하고 쉽게 먼저 다가가지 못했던 스타일인 거 같은데 지금의 나와 비교하면 딴판이다. 하지만 나는 사촌들이 태어나서 기쁘다. 그들이 없었다면 지금의 내 학교생활은 없었을 지도 모른다. 옛날처럼 계속해서 그런 성격이었다면 학교생활을 즐기지 못했을 것이다. 성격이 바뀐 게 참 다행이다.

두 얼굴의 나

현재 나는 경구중학교 2학년 1반 학급반장이다. 언제부터인가 반장선거를 하면 나가고 싶고 나가야 되는 의무감 같은 걸 좀 느끼는 거 같다. 솔직히 나도 왜인지는 잘 모르겠다. 나도 노는 걸 좋아하고 공부라고 하면 아주 질색하는 평범한 학생이다. 반장을 하게 되면 힘든 일이 다른 학생보다 많아진다. 먼저 나서야 할 때도 많다. 그런데도 힘들면서 동시에 성취감이 느껴진다. 먼저 나는 받는 거보다 솔선수범하는 것이 더 편하다. 학교에서는 믿음직스러운 반장이지만 집에서는 말도 잘 안 듣고 장난기 많은 아들로 변한다. 사촌동생들한테는 재밌고 장난기 많은 형이고, 부모님한테는 가끔 속 썩이는 천방지축 아들인 거 같다. 집에서는 아직 편해서 그런지 학교에서와 같은 기분이 들지 않는다. 집에서도 먼저 나서고 듬직한 아들의 모습을 보여야 하는데 아직 그런 모습을 보여드리지 못한 거 같다. 앞으로 그런 부분을 고친다면 부모님, 친구들, 동생들 모두가 좋아하는 내가 될 거 같다.

나의 롤모델은 과연 누굴까

나는 많은 사람들이 마음속에 롤모델이 한 명씩은 있을 거라고 생각한다. 이런 롤모델이 생기면 안 되지만 범죄를 저지르는 사람들이 범죄를 잘하는 사람을 부러워하는 것도 롤모델이 될 수 있다고 생각한다.

원래 야구를 좋아하던 탓이었는지 내 롤모델은 현재 야구선수로 활동 중이지만 많은 사람이 잘 알지 못하는 삼성 라이온즈의 배영섭 선수이다. 왜냐하면 많은 어려움이 있었는데 변화를 주어 극복한 것이 인상 깊었기 때문이다. 처음에 야구라는 스포츠를 접했을 때는 그냥 아빠와 엄마가 좋아해서 무엇이 뭔지도 모르고 봤었는데 점점 보니까 흥미롭고 재미있었던 거 같다. 그렇게 대구가 홈구장인 삼성 라이온즈의 팬이 되고 처음 좋아하게 된 선수가 바로 배영섭 선수였다. 이 선수는 타격을 특출 나게 잘하는 선수가 아니다. 그렇다고 수비를 기가 막히게 하는 선수도 아니다. 그렇다고 해서 얼굴과 신체 조건이 좋은 선수도 아니다. 그냥 아주 평범한 야구선수 중 하나이다.

하지만 내가 봤을 때는, 비록 그때는 아무것도 모르는 나였지만 이 선수만 뭔가 특이하게 보였다. 내가 그를 그렇게 본 이유는 바로, 그만의 독특한 타격자세였다. 불리한 신체조건을 극복하기 위한 그의 타격자세는 방망이를 귀 바로 옆에 붙이고 발끝을 바닥에 끌며 치는 아주 특이한 자세다. 이 타격 폼을 만들기 위해 공들인 시간과 노력은 그만 알지만 나는 뭔가 짐작이 간다. 그가 얼마나 열심히 노력을 하였는지. 하지만 시간이 지나서 보니까 '저렇게 성공한 사람이 이 세상에서 저 사람 한 사람뿐일까?' 라는 생각도 들었다.

많은 사람이 있을 것 같다. 그 사람이 많은 사람들이 알 수 있는 직업을 가졌기 때문에 유명해질 수 있었던 거 같고 많은 사람들도 알려지진 않았지만 어쩌면 이 선수보다 더 큰 성공을 한 사람이 있을

지도 모르겠다는 생각이 들었다. 그런 생각을 한 이후로는 사람들이 롤모델이 누구냐고 물어보면 굳이 한 명을 꼽지 않고 "많은 시련이 와도 최선을 다해 노력하여 극복하는 그런 사람이요."라고 답했던 거 같다. 앞으로도 나는 당분간엔 계속 이렇게 대답할 거다.

나는 굳이 한 명이 아닌 그 사람의 특징을 가지고 있는 모든 사람들이 나의 롤모델이 될 수 있다고 생각한다. 혹시나 내 롤모델이 바뀔지라도 나는 굳이 한 사람의 이름을 말하진 않을 것이다.

박성현 기자, 대표팀에 합류하다!

2046년 ○월 ○○일, 대한민국의 박성현 기자가 야구 대표팀에 합류하는 대단한 일이 벌어졌습니다! 그는 평소에 기자가 여러 경기를 따라다니는 것이 번거롭다고 생각했고, 자기가 그 팀에 들어가 전담을 맡는다는 말은 한 적이 있었습니다. 그는 여러 분야를 종횡무진하며 이미 인지도를 쌓았는데요, 굳이 힘든 길을 선택해 솔선수범하는 모습을 보이니 더 대단합니다! 이제 그는 wbc야구 대표팀에서 선수들의 일상과 경기 후 인터뷰를 맡을 예정입니다. 대표팀 선수들 역시 이 부분에 대해서는 호감을 표했는데요, 선수들 역시 전담 기자를 정함으로써 훨씬 편하게 경기에 임할 수 있다는 보도입니다. 이제는 박성현 기자 덕분에 야구 경기나 인터뷰뿐만이 아니라 선수의 경기 외의 시간에도 선수들을 만나볼 수 있는 시간이 만들어지겠습니다.

대한민국의 모든 야구팬 여러분, 이번 WBC 대한민국 야구 대표팀의 승승장구를 진심으로 응원해주시기 부탁드립니다. 감사합니다.

우리가 세상을 살아가려면

사람은 누구나 재능을 하나씩은 가지고 태어난다. 그 재능이 좋고 나쁘든 많은 활동을 통해 그 재능을 찾고 더 열심히 성장하여 좋은 쪽으로 활용하면 그 인생이 성공한 인생이다. 지금 우리가 세상에서 살아가려면 목적론으로 살아갈 수밖에 없는 거 같다. 한마디로 지금 우리나라는 목적론화 되어가고 있다.

요즘은 어렸을 때부터 공부에 시달리는 시대이다. 요즘 학생들은 오직 미래에 잘 먹고 살기 위해서 부모님에게 잔소리를 하염없이 들어가면서 어쩔 수 없이 공부하여 극도의 스트레스를 받고 있다. 여기서 많은 사람들이 재능을 쓰지도 못하고 묻히는 경우가 많다. 공부도 그 재능의 일부다. 하지만 거의 모든 학생들이 학교나 학원에 다녀야 하는 게 현실이다. 공부를 잘하는 친구들은 공부를 하는 것이 맞고 운동을 잘하는 친구들은 운동을 하는 것이 맞고 다른 예술 분야나 요리, 건축 등 그 외에도 너무나 많은 것이 재능이 될 수 있다고 생각한다. 지금 내가 하고 있는 글쓰기 또한 재능의 일부라고 생각한다.

요즘의 세상은 많은 사람들에게 재능을 찾으라고 하면서도 그럴만한 환경을 만들어 주지 않고 있다. 영어나 수학 외에도 많은 과목이 있는데 다른 분야들의 학원을 찾아보기 힘들다. 빨리 많은 환경이 개선되어 누구나 재능을 찾을 수 있게 하는 것이 이 나라를 더더욱 발전시킬 수 있다.

꼭 공부만이 우리나라를 발전시키게 할까? 물론 아니다. 운동을 열심히 해 올림픽에 나가 금메달을 따서 우리나라의 이름을 퍼뜨리는 것도 우리나라를 발전시키는 것이고 이세돌 9단과 알파고의 바둑 대결로 온 세계를 흥분시키게 한 것도 우리나라를 발전시킨 사례다. 목적론을 추구하여 미래를 생각하는 사회가 아닌 원인론으로 재능을 찾아가는 사회로 바뀌었으면 한다.

도움을 주는 의미

나는 친구에게 뭐든 잘 빌려주는 스타일이다. 교과서면 교과서, 돈이면 돈, 학용품이면 학용품 내가 줄 수 있는 선에서 준다. 그게 친구로서의 예의라고 생각한다. 하지만 상황에 따라 달라진다. 친구가 급할 때 도움을 주는 것, 아니면 나중에 더 큰 도움을 주는 것은 중요하지 않다고 생각한다. 상황에 맞게 도움을 주는 것이 맞다. 예로 친구가 범죄를 저질렀는데 그것마저 도움을 줄까? 그것은 옳지 않다.

내가 주는 도움이 그 친구에게 도움이 될 때 주는 것이 먼저이고 상황에 따라 급할 때 주거나 나중에 주는 것은 그 다음이라고 생각한다. 내가 주는 도움이 그 친구 인생에 방해가 된다면 그것은 도움이 아니라고 생각한다. 도와주지 않는 것이 친구로서의 예의를 지키는 것이다. 설령 그 친구가 실망하고 인연이 끊길지라도 말이다.

둘 중 하나라도 없다면

우리는 평생 살면서 과제란 것을 계속 수행해오면서 살고 있다. 태어날 때부터 기어 다니고 뒤집고 일어서는 등 나름대로의 과제를 수행하고 있고, 조금 더 크면 글을 익히고 더 나아가 그 전에 다가왔던 문제들보다 더 난이도가 있는 문제를 많이 접하게 된다.

만약 우리에게 자유가 없다면 과제를 수행할까? 나는 그렇지 않다고 생각한다. 우리가 어릴 때부터 공부하고 어른이 돼서도 일을 그만두지 않는 이유가 무엇일까? 바로 그에 걸맞은 자유와 보상을 얻고 먹고 살아가기 위해서이다.

하지만 반대로 생각해보자. 만약에 과제가 없다면? 나는 이것을 세계적인 갑부 빌 게이츠와 만수르 두 명을 예로 들고 싶다. 둘은 세계적인 갑부다. 둘의 차이점이 있다면 과제라고 생각한다. 빌 게이츠는 자기 힘으로 '컴퓨터' 라는 과제를 수행해 합당한 대가를 얻었다. 만수르도 세계적인 갑부지만 석유라는 자원을 파는 과제를 수행해 대가를 얻고 있다. 물론 이것도 대단한 일이다. 하지만 만약 만수르에게 석유가 없었더라면? 나는 두 사람에 대해 확실한 사실은 모르는 사람이다. 만수르가 엄청난 노력을 했을지는 오직 그 자신만 안다. 하지만 만수르가 석유를 팔아 부자가 되었다는 것을 세계인 누구나 아는 사실이다. 물론 모든 일은 노력이 있어야 결과가 따르지만 말이다.

이 둘의 차이점이 있다면 자신만의 성취감에서 오는 차이다. 과제를 수행하는 만큼 나는 자유와 대가는 무조건 온다고 생각한다. 하지만 추가로 얻는 성취감이 있기에 사람들은 더 노력한다고 생각한다.

냉정한 세상

세상은 따뜻하기도 하지만 비참하기도 하다. 우리한테 이로운 것들을 주지만 때로는 그 손을 순식간에 놓아버린다. 우리는 현재 여러 공동체를 이루면서 살아가고 있다. 이 속에서도 의리와 배신이 공존한다. 착한 일을 하고 열심히 살아도 때로는 버림받고 못되고 어리석은 짓을 해도 칭찬받는 상황도 생긴다.

그렇기 때문에 우리는 나쁜 짓에 고민하게 되는 거 같다. 왜냐하면 나쁜 짓을 해도 잘되는데 굳이 열심히 노력해서 돈을 벌 이유가 없기 때문이다. 실제로는 착한 행동을 해도 안 좋은 일이 생기는 상황이 생기기 때문에 억울한 일이 생길 수도 있다.

하지만 왜 사람들은 나쁜 일을 하지 말라고 할까? 만약 세상에 모든 사람들이 나쁜 일을 한다면 세상은 어떻게 돌아갈까? 아마도 이 백이와 숙제라는 일화가 착한 일을 하고 저렇게 될 수 있으니 방심하지 말라는 소리인 거 같다.

내가 모르는 나

성격유형검사 결과를 보니 나는 참 여러 가지 특성을 가지고 있었다. 처음에 '내가?' 라는 생각이 들었다. 하지만 결과를 보니 이때까지 내가 생각하지 못했지만 곰곰이 들여다보면 나한테 맞는 결과들이었다. 그냥 밝기만 하고 친구들이랑 친하게 지내고 가끔 짜증내는 평범한 사춘기 소년인 줄 알았는데, 내게 이렇게 좋은 모습도 있다는 것을 알게 된 계기였다. 내가 받은 결과는 ISTJ, ISFJ, INFJ, INTJ 이렇게 총 4가지이다.

나는 이 검사를 할 때 솔직히 진짜 나의 성격을 알고 꿈을 정하고 싶어서 솔직하게 했다. 나의 평소 좋지 않은 습관이나 단점을 모두 고려해서 설문조사를 했다. 솔직히 안 좋은 것이 많겠구나, 했는데 결과가 생각보다 많이 좋아서 놀랐다. 그리고 생각해 보니까 진짜로 나의 평소 성격과 어느 정도 맞는 거 같아서 신기하기도 했다. 그리고 여러 가지가 나온 것이 좋은 건지 안 좋은 건지 모르겠지만 괜스레 많은 좋은 성격을 가지고 있다는 것이 뿌듯하기도 했다. 앞으로 자라면서 어느 한 쪽으로 더 두드러지든지 아니면 계속 이렇게 경계선에 걸쳐 있을 것이다.

한편으로는 이런 조사를 해서 깨달을 만큼 내 자신에 대해 내가 이렇게 몰랐다는 게 한심하기도 했다. 앞으로 이런 나의 장점을 살려서 키워나가는 것이 내가 할 일인 것 같다. 이런 장점으로 우리나라와 다른 사람들에게 봉사하는 마음으로 살아가야겠다.

아직은 낯설구나

사람들은 전부 다 자신이 원하고 좋아하는, 돈 많이 버는 직장에 다니고 싶어 한다. 나 또한 역시 그렇다. 이것을 위해 공부를 열심히 하는 거고 교육을 받는 것이다. 하지만 무작정 공부라는 것에 얽매이는 것보다 먼저 자신의 재능을 찾아보는 것이 중요하다고 생각한다. 나 역시 어렸을 때부터 학교, 학원 등 공부와 함께 살아왔다.

그때는 공부라는 것을 안 해서는 안 되는 아주 중요한 것이라고 생각했는데 지금은 생각이 다르다. 공부를 열심히 해서 잘하면 좋은 직장을 얻을 수 있지만, 다른 부분으로도 역시 그렇다고 생각한다. 예를 들면 운동선수가 있다. 거의 대부분의 부모님들이 자식이 운동을 시작한다고 하면 반대한다. 왜냐하면 운동을 하는 것은 위험하고 잘못되면 돌이키기 힘든 길이기 때문이다. 하지만 성공한 운동선수들은 본다면 명예와 인지도와 돈 등 없는 게 없을 정도로 거의 모든 것을 다 얻었다.

나 역시도 재능만 있다면 나의 소질을 찾아 새로운 길로 가보고 싶지만 아직까지 내가 잘하고 좋아는 것이 정확하게 뭔지 잘 모르겠고 아직까지 확실시되지 않는다는 것이 뭔가 불안하다. 앞으로의 길은 아무도 모르지만 나의 재능과 흥미를 빨리 찾는 것이 지금 내가 해야 할 일 같다.

나의 꿈

나는 이때까지 살면서 꿈이란 걸 막연하게만 생각했지 진지하게 생각해 본 적이 단 한 순간도 없다. 그래서 나한테 꿈은 아직까지 너무 멀게 느껴진다. 꿈이라고 하면, 어렸을 때 거의 1주마다 바뀌었는데 이제 벌써 진지하게 생각할 나이가 되니까 새삼 나도 이제 더 커가고 있구나 싶다.

이제는 막연한 꿈이 아닌 구체적인 직업에 대해 진지하게 고민해야 할 시기가 온 것 같다. 내가 잘하는 것 재능이 있는 것, 그리고 좋아하고 즐거워하는 것 등을 고려하고 찾을 시기다. 남에게도 도움을 주고 우리 가족도 만족해 할 수 있는 직업도 가지고 싶다. 아직까지 실감이 나지 않지만 내 미래를 위해 지금부터 많은 것을 생각해봐야 할 것 같다. 나 자신을 돌이켜보고 어렸을 때의 나와 지금의 나, 모든 것을 고려했을 때 비로소 내가 원하는 직업을 찾을 수 있지 않을까 싶다.

벌써 직업이란 걸 고려해볼 수 있는 나이가 된 내 자신이 뿌듯하고 자랑스럽다. 하지만 동시에 아직까지 나의 꿈을 명확하게 정하지 못한 내가 걱정되기도 한다. 내가 좋아하는 것과 내가 앞으로 살아갈 직장은 또 다른 것이기 때문에 그 모든 것을 고려해야 될 거 같다.

에필로그

앞으로도 밝을 미래를 맞이하여, 언제 다시 글을 쓸지 모르지만….

세상을 어떻게 볼 것인가

박정섭

프롤로그

처음 이 동아리 가입 제안을 받았을 때는 재미있게 해보자고 생각을 하였다. 주제를 듣고는 약간 당황하였지만 재미있을 것 같아서 한번 써보기로 하였다.

세상을 어떻게 볼 것인가

세상을 살아가다 보면 세상을 단순하게 보며 살아가는 사람과 복잡하게 보며 살아가는 사람들을 만날 수 있다. 이 사람들은 자신들의 시선으로 다른 사람의 삶을 보고 옳고 그름을 판단하며 살아간다. 나는 사람들의 이런 생각의 옳고 그름을 판단할 생각은 없다. 자신이 세상을 단순하게 보든 복잡하게 보든 그 사람이 살아가는데 아무 불편이 없고 남에게 피해만 주지 않는다면 나쁠 것이 없다고 생각한다.

나는 이것을 컴퓨터의 운영체제에 비유하고 싶다. 운영체제를 윈도우를 쓰든 맥스 OS를 쓰든 도스를 쓰든 자신이 하고 싶은 작업을 수행한다면 그만 아닌가? 다른 운영체제를 써서 불편하거나 시간이 걸리더라도 쓰는 사람에게 문제가 없다면 되는 것이다.

물론 이것에 대해 효율이 중요하다거나 시간이 오래 걸리면 안 된다는 이유로 반박을 하는 사람이 있을 것이다. 나는 이런 것에 대해서도 아무 문제가 없다고 생각한다. 자신이 괜찮으면 그만이다. 오히려 다른 사람의 말대로 운영체제를 바꾸어서 작업을 해서 능률이 떨어진다면 그 책임은 누가 질 것인가?

이렇듯이 나는 세상을 어떻게 보라는 생각을 하지 않는다. 어떤 상황에서 단순하게 보는 것이 편하다면 그렇게 보는 것이고 복잡한 게 편하다면 복잡하게 보는 것이다. 나는 자신이 생각하는 대로 세상을 보면 된다.

원인론과 목적론

어떤 상황에 대해 원인론의 입장에서 말하는 사람도 있고 목적론의 입장에서 말하는 사람도 있다. 원인론은 과거의 일 때문에 이 일이 일어났다고 말하고 목적론은 이 상황을 위해 과거의 일을 사용하는 것이다. 예를 들어 옛날에 물에 빠져 죽을 뻔한 사람이 물에 빠진 사람을 구하지 않아 그 사람이 죽었을 때 원인론은 물에 빠졌던 과거 때문에 구하지 못했다고 생각하는 것이고, 목적론은 그 상황을 벗어나기 위해서 과거를 사용했다는 것이다.

나는 원인론과 목적론을 알아서 쓰면 된다고 생각한다. 어차피 상황은 끝났고 결과는 나왔다. 그것에 대해 원인론과 목적론 중 자신이 미래를 살아가는데 더 나은 것으로 자신을 합리화 시키면 되는 것이다. 다른 사람들은 이것에 대해 욕할 수도 있다. 당신이 피해자라면 이렇게 할 수 있겠냐고 말할 것이다. 그렇다면 나는 이렇게 말하겠다. 그런 일이 일어나지 않도록 노력을 하면 됐을 것이 아니냐고 말이다. 분명히 이 상황이 일어나기 전에 당신이 노력했다면 충분히 일어나지 않았을 것이다. 따라서 나는 원인론과 목적론 중 자신이 미래를 살아가기 위해서 더 나은 것을 택하면 된다고 생각한다.

닮고 싶은 사람 떠올리기

나는 닮고 싶은 사람이 딱히 없다. 닮고 싶은 사람이 있어서 그 사람과 닮기 위해 노력한다면 그것은 나의 진짜 모습이 아닌 것이다. 그 사람을 닮기 위해 노력을 하다가 실패하게 된다면 그 사람과 나는 다른 사람이라고 포기할 것이다. 이렇게 된다면 실패한 자신을 납득시키기 위한 이유에 불과하다. 남들에게 말할 정당한 구실이 있으니까 성실히 노력을 하지 않을 수도 있는 것이다.

다른 사람들은 이런 나를 보며 그것은 잘못된 생각이라고 할 수도 있겠지만 그것은 그 사람의 의견일 뿐이다. 나도 내 생각을 하며 나의 인생을 살아간다. 그래서 나는 지금도 그리고 앞으로도 닮고 싶은 사람은 만들지 않을 것이다.

장자

장자는 길에 있는 붕어에게 "조금만 있으면 내가 강에 놓아 주겠다"고 하였다. 그러자 붕어는 화를 내며 "지금 나에게 필요한 것은 물 한 컵"이라고 하였다. 보통 도움이 필요한 사람들은 지금 당장 도움이 필요한 경우가 많다. 그런 사람에게 나중에 도움을 준다고 하는 것은 결국 도움을 주지 않겠다는 것과 마찬가지이다. 즉 자신이 힘들 때 힘든 사람들을 도와주는 것이 나중에 성공한 후 그 사람을 도와주는 것보다 의미가 있다는 뜻이다.

자유와 과제

사람마다 각각의 주제는 다르다. 사람들은 남의 과제를 해주는 경우가 많은데 예를 들어 부모가 아이에게 공부를 하라고 시키는 것이다. 이는 과제의 분리가 안 된 것이고 과제가 분리되려면 남의 과제에 참견하지 않아야 한다. 그러면 진정 자유로운 삶을 살 수 있다는 것이다. 하지만 나의 생각은 다르다 자유롭든 그렇지 않든 사람이 그 사람의 생각대로 살면 되는 것이 아닌가? 다른 사람의 과제를 대신해주거나 도와주는 것은 그 사람 마음 아닌가? 그렇게 해서 생기는 책임은 그 사람이 지는 것이다. 따라서 나는 과제를 분리해서 굳이 자유를 찾지 않고도 잘 살 수 있다면 그렇게 사는 것도 괜찮다고 생각한다.

백이와 숙제

백이와 숙제는 원래 서쪽 변방에 살던 형제로, 변방의 작은 영지인 고죽국의 후계자였다. 고죽국의 영주인 아버지가 죽자, 이 둘은 서로에게 자리를 양보하며 끝까지 영주의 자리에 나서지 않으려 했다. 이때 상나라의 서쪽에는 훗날 서주 문왕이 되는 희창이 작은 영주들을 책임지는 서백의 자리에 있었다. 희창이 죽고 그의 아들 희발(서주 무왕)은, 군대를 모아 상나라에 반역하려 했다. 희발의 부하 강태공은 뜻을 같이하는 제후들을 모아 전쟁 준비를 시작했다. 이때 백이와 숙제는 무왕을 찾아와 다음과 같이 간언했다. "아버님이 돌아가신 후 아직 장사도 지내지 않았는데 전쟁을 할 수는 없다. 그것은 효가 아니기 때문이다. 주나라는 상나라의 신하 국가이다. 어찌 신하가 임금을 주살하려는 것을 인이라 할 수 있겠는가." 이에 희발은 크게 노하여 백이와 숙제를 죽이려 했으나, 강태공이 이들은 의로운 사람들이라 하여 죽음을 면했다. 이후 희발은 상나라를 토벌하고 주나라의 무왕이 되었다. 백이와 숙제는 상나라가 망한 뒤에도 상나라에 대한 충성을 버릴 수 없으며, 고죽국 영주로 받는 녹봉 역시 받을 수 없다며 수양산으로 들어가 고사리를 캐먹었다. 이때 왕미자라는 사람이 수양산에 찾아와 백이와 숙제를 탓하며, "그대들은 주나라의 녹을 받을 수 없다더니 주나라의 산에서 주나라의 고사리를 먹는 일은 어찌된 일인가." 하며 책망하였다. 이에 두 사람은 고사리마저 먹지 않았고, 마침내 굶어 죽게 된다.

백이와 숙주는 자신의 신념을 위해서 죽음을 택하였다. 자신의 신념을 위해 죽은 사람은 역사를 보면 자주 있는 일이다. 나는 이들의 생각을 비판하지는 않지만 약간 생각이 다르다. 나는 자신이 신념이 있다면 지금은 참고 나중에 힘을 모아 신념을 이룰 것이다.

역할과 강점 찾기

나는 다른 친구가 논리적이지 못한 말을 할 때 그 논리를 제대로 잡아주는 역할을 한다. 말싸움을 좋아하고 재미가 있다. 하지만 상대가 싫어하는 경우가 좀 많아서 사이가 좋지 않은 친구들이 조금 있다. 나의 강점은 호기심이 많은 것이다. 그래서 쓸데없는 것도 물어보고 호기심을 해결하려고 하는 경우가 있다. 그리고 암산을 잘하고 수학과 과학에 대한 혐오감이 없는 게 강점이다. 다른 곳에서의 나의 역할은 딱히 생각을 해도 떠오르지 않는다.

나의 미래

나중에 나는 천문학자가 될 것이다. 천문대 소장이 되어서 별들을 관측하거나 학생들을 가르치면서 새로운 별을 찾거나 이론을 탐구하고 싶다. 꿈은 망원경을 통해 별을 관측하면서 코코아를 마시며 밤을 새우는 것이다. 명성을 얻을 생각은 하나도 없다. 명성을 얻으면 귀찮기만 하고 힘들기 때문이다. 더 이후 미래의 나는 산속에 처박혀서 망원경만 보고 있을 것이다. 별을 관측하기만 해도 충분히 만족한 삶이기 때문이다.

성격유형검사

성격유형검사에서 나는 INPT(논리적인 사색가)라는 것이 나왔다. 호기심이 있으며 생각을 자주하며 창의적인 생각을 많이 하는 타입이다. 나는 이런 걸 잘 믿지 않는다. 이 세상 모든 사람을 몇 가지의 성격으로 분류하는 것은 아니라고 생각하고 이것을 듣고 자신과 비슷하다고 느끼는 것은 플라시보 효과와 낙인 효과 때문이라고 생각했다. 하지만 이번 결과를 보고 그 생각을 약간은 바꾸게 되었다. 나의 성격을 비슷하게 서술해 놓았기 때문이다. 앞으로는 결과를 맹신하지는 않더라도 조금 참고하면서 살아가야겠다.

나는 어떻게 살 것인가

나는 논리적인 성격을 가지고 과학방면으로 공부를 깊게 할 것이다. 그러다가 어떤 문제에 직면하게 된다면 복잡하게도 보고 단순하게도 볼 것이다. 평소 관심이 많은 우주에 대해서도 공부를 할 것이다. 천문대 소장이 되어서 망원경을 가지고 밤을 새가며 별을 관측하며 살고 싶다. 그러다 호기심을 발휘해 논문들을 발표해 가면서 제자들도 키우고 싶다.

에필로그

토론을 하면서 여러 가지를 알게 되었고 세상의 일들을 여러 가지 방향으로 생각하게 되는 계기가 된 것 같았다.

성격유형검사

이동익

프롤로그

푸르렀던 잎에서 붉게 물들어가는 단풍처럼 성장해가는 나의 이야기를 시작하겠습니다.

성격유형검사

성격유형검사를 했는데 나는 ENFJ 유형이 나왔다. ENFJ 유형은 동정심과 동료애가 많으며 친절하고 재치 있고 인화를 아주 중요하게 여긴다. 이 유형의 사람들은 주위의 사람들에게 주로 관심을 갖고 조화로운 인간관계에 높은 가치를 두며, 우호적이고 다른 사람들의 의견을 존중하고 그 가치를 본다고 한다. 공동선을 위해서는 대체로 상대방의 의견에 동의하며, 새로운 아이디어에 대한 호기심이 많고 쓰기보다는 말로써 생각을 잘 표현한다. 편안하고 능란하게 계획을 제시하거나 조직을 이끌어 가는 능력이 있다. 사교적이고 사람들을 좋아하며, 다른 사람들로부터 인정과 칭찬을 받으면 맡은 일에 더욱 열중하나 비판에 민감하다. 또한 이들은 끈기가 있고 성실하며 작은 일에도 순서를 따른다. 한편 다른 사람들에 대해서도 자기와 같을 것이라고 생각하는 경향이 있다. 또한 자신이 존경하는 인물, 제도 혹은 이념을 지나치게 이상화하는 경향도 있다는 성격이었다. 재미로 이런 걸 했는데 나의 성격과 너무나도 비슷해서 놀랐다.

세상은 두 가지의 갈림길

선생님, 친구들과 함께 세상을 어떻게 볼 것인지에 대한 얘기를 나누었다. 각각 자신이 생각하는 바를 말하자 여러 가지의 의견들이 나왔다. 그 의견들을 하나로 뭉치자 세상은 단순하다 아니면 복잡하다의 두 가지의 큰 의견으로 뭉쳐졌다.

세상이 단순할까? 아니면 복잡할까? 여러 생각들을 해보았는데 단순하게 본다면 정말로 단순하고 복잡하게 본다면 너무나 복잡한 것이 세상이라고 생각한다. 대부분의 사람들이 학생이었던 시절 하기 싫은 숙제가 있었을 것이다. 그것을 단순하게 생각한다면 그 숙제를 하지 않으면 그만이다. 허나 복잡하게 생각한다면 그 숙제를 하지 않음으로 인한 그 후의 선생님의 야단, 혹은 수행평가의 감점 등 그

하나의 숙제에 여러 가지의 복잡한 생각을 한다.

또 다른 예를 보자. 당신이 처음 보는 숲 속을 홀로 걷다가 길을 잃었다. 무작정 길을 걷다가 한밤중이 되자 두 가지의 갈림길이 나왔다. 그때 당신은 어떠한 선택을 할 것인가? 같은 상황이라도 고민 없이 곧바로 한 가지 길을 선택해서 그 길로 걸어가는 사람들이 있다. 반면 혹시나 한 가지 길을 걸어가다 사나운 야생동물을 만나는 것은 아닐까, 길을 더욱 헤매는 것은 아닐까 하고 한참을 서서 고민하는 사람들도 있을 것이다.

이렇듯 개개인의 가치관에 따라 세상은 단순하게도, 복잡하게도 변한다. 그렇다면 나는 어떻게 보아야 할 것인가? 이것의 해답을 찾아가는 것이 바로 나의 숙제일 것이다.

자신감이 넘쳤던 과거의 나

과거의 나는 정말로 운동과 노는 것을 좋아하는 외향적인 아이였다. 가끔 할아버지 댁에 가면 뒤에 있는 산에 올라가 도토리도 줍고 나뭇가지로 활과 화살, 칼 같은 것을 만들어 산에서 뛰어 놀곤 했다. 어렸을 때 나는 외사촌동생과 1층 2층인 주택에서 함께 살았다. 사촌동생과 밖에서 놀다가 집에 갈 때면 차도에서 달리고 있는 자동차를 따라잡는다며 인도에서 사촌동생의 손을 잡고, 달릴 수 있는 최대한의 속도로 달리고는 했다. 그러다 간혹 천천히 달리는 자동차를 따라 잡으면 마치 나와 사촌은 자동차보다도 빠른 바람인 양 어깨가 으쓱하고는 했다.

그러다 초등학교 2학년 때 나는 이사를 가게 되었고 사촌과도 떨어지게 되었다. 새로 전학 간 학교는 원래 다니던 학교보다 훨씬 커서 길을 찾기도 힘들었다. 한동안은 반을 찾기도 힘들어 헤매는 경우도 많았지만 새로 사귄 친구들과 함께 다니다 보니 학교 교실들의 위치도 대부분 외우게 되었다.

그렇게 6학년이 되고 어렸을 때보다는 철이 들었는지 자동차와의 경주는 더 이상 하지 않았지만 여전히 자신감이 넘치는 아이였다. 6학년 때 친구들을 사귀게 되었는데 지금도 정말로 친한 친구들이다. 6학년 때 정말 재밌는 일들도 많았던 것 같다. 그렇게 가장 기억에 남고 정들었던 6학년 때의 반 친구들 그리고 학교와 이별을 하게 되었다.

믿기지 않던 졸업을 하고 경구중학교라는 곳에 입학을 했다. 외향적이었던 어렸을 때와는 달리, 운동도 별로 하지 않고 확실히 외향적인 모습은 줄어들었다. 그 이유가 뭘까 하고 고민을 해보았는데 나에 대한 칭찬과 인정 때문에 줄어든 것은 아닌가 싶었다. 나도 그렇지만 누구나 인정을 받고 칭찬을 들으면 기분이 좋다. 하지만 반대로 지나친 인정과 칭찬은 오히려 부담스러운 것은 아닐까?

중학교 1학년, 입학했을 때 반의 실장을 맡게 되었다. 실장으로서 선생님의 신뢰를 받았고, 더욱 열심히 하려고 노력했다. 실수도 잦았지만 선생님께 인정을 받았고 2학년에 올라가자 담임선생님의 권유와 칭찬과 인정이 좋아서 또 반의 실장을 맡게 되었다. 2년 연속으로 실장을 해서 그런지 여러 선생님들께서 나에 대해 알고 계셨고, 더욱 열심히 했다. 1학년 때는 마냥 칭찬과 인정받는 것이 좋아서 열심히 했었는데 2학년이 되자 칭찬과 인정이 부담스럽고 힘들어지기 시작했다.

성적도, 인성도, 친구들과의 관계도 완벽해야 할 것만 같아서 어떠한 실수도 하지 않기 위해 너무 나서지 않다 보니 외향적인 모습을 나의 내면에 꽁꽁 숨겨둔 것은 아닐까싶다. 그렇게 어렸을 때의 나와는 달리 자신감도 줄어들고 웃음도 줄어들었다. 그러다 보니 주변의 친구들을 보며 '저 친구는 저렇게 잘하는데 왜 나는 못하는 거지?' 이러한 열등감을 느끼며 괜히 주눅이 들곤 했다. 그렇게 좋아하던 운동에도 거의 손을 놓고 공부에 집중을 하며 많은 스트레스를 받기도 했다. 그래도 그 덕분에 성적은 많이 올랐다.

이제 나는 중학교의 최고 학년인 3학년이고, 학생회장이 되었다. 힘들지 않다면 거짓말이겠지만 2학년 때와는 달리 다른 친구들과 나를 비교하지 않고 나에 대한 장점을 더 많이 생각하며 더욱 자신감을 가지고 항상 노력하는 사람이 될 것이다.

내가 농구를 못 한 이유는 손을 다쳐서

초등학교 4학년 때였다. 나는 농구를 정말로 좋아해서 학교에서 하는 농구 수업도 듣고 주말마다 친구들과 농구를 할 만큼 열심히 했다. 그렇게 2년 쯤 계속 농구를 하다 6학년 때 오른손을 다쳐 몇 달 정도 연습을 나가지 못한 적이 있다. 그러다보니 자연스레 농구

연습과는 멀어지게 되었다. 나는 당연히 지금까지 손을 다쳤기 때문에 농구를 못 해왔다고 생각을 했다.

그러다 원인론과 목적론에 대한 설명을 듣게 되었는데 정말 내가 손을 다쳤다는 이유만으로 농구를 하지 못한 것인가라는 의문점이 들기 시작했다. 손을 다쳤다고는 하나 연습에 나가서 체력단련을 하든, 다치지 않은 왼손연습을 했었다고 하면 충분히 할 수 있는 일이었다. 그저 힘들고 피곤했던 연습에 나가지 않기 위한 목적으로 손을 다쳤다는 핑계를 댄 것은 아닌가하는 생각이 들자 아무래도 원인론보다는 목적론에 나의 의견이 더 가까운 것 같다.

작년까지 농구를 하지 않다가 올해부터는 다시 시작하는 중이다. 앞으로도 절대 다치지 않는다는 보장은 없으나 다치지 않게 조심해서 운동을 하고 다쳐도 할 수 있는 일은 해야겠다.

자유와 과제

자유와 과제 둘 중 하나만을 깊게 파는 것보다는 서로 돌아가면서 하는 것이 좋다고 생각한다. 자신의 인생에서 자유만 추구하다 보면 그때는 좋을지 모르나 시간이 흐르고 나이가 들수록 자유는 추구하기 어려워질 것이고 점차 지루해지기도 할 것이다. 반대로 과제만 추구하다 보면 스트레스도 받고 정작 하고 싶었던 일은 하지도 못한 채 뒤늦게 후회를 할 수도 있을 것 같다.

자유와 과제 둘 중 하나를 고르는 것은 어렵다. 특히 누구의 과제인지, 어디까지의 자유인지 경계선을 긋는 것은 더욱 어렵다. 허나 자유와 과제는 충분히 둘 다 할 수 있다고 생각한다. 만약 자신이 보고 싶은 방송이 곧 한다고 하면 방송이 시작하기 전까지의 시간에 과제를 하고 그 후 방송을 보며 자유를 만끽하면 된다고 생각한다. 이렇듯 자유와 과제는 한 가지만을 추구하는 것이 아니라 두 가지 모두 함께 하는 것이 좋다고 생각한다.

어리석은 백이와 숙제

백이와 숙제는 상나라 말기의 형제로, 끝까지 군주에 대한 충성을 지킨 의인으로 알려져 있다. 끝까지 상나라에 대해 충성을 지키다 죽었다고 한다. 그 점은 충분히 의인이라는 생각은 든다.

하지만 죽은 이유에 대해 들어보니 바보 같다는 생각도 든다. 백이와 숙제는 상나라가 망한 후 상나라에 대한 충성을 버릴 수 없고 녹봉 역시 받을 수 없다며 수양산으로 들어가 고사리를 캐먹었다. 이때 왕미자라는 사람이 수양산에 찾아와 백이와 숙제에게 주나라의 산에서 주나라의 고사리를 먹는 일은 무엇이냐고 물으며 책망하였다. 그러자 백이와 숙제는 고사리도 먹지 않고 결국 굶어서 죽게 된다고 한다.

예로부터 끝까지 자신의 충절과 절개를 지키다 죽은 의인들은 많다. 하지만 백이와 숙제 같은 경우는 읽다가 어이가 없었다. 만약 멸망한 나라에 대한 충성심을 버릴 수 없다면 뜻을 같이 하는 사람들을 모아 힘을 길러 그 나라를 다시 건국하면 되는 것이 아닌가 하는 생각도 들고 꼭 그렇게까지 해서 자신의 충절을 지켜야 하는 것인가에 대한 의문도 들었다. 만약 내가 백이 또는 숙제였다면 굶어 죽지는 않았을 것 같다.

나의 역할과 강점

나의 역할은 간단하게 말하자면 4가지로 나뉘는 것 같다. 아들, 동생, 학생, 친구의 4가지 말이다. 아들로서는 부모님의 말씀을 잘 듣고 속 썩이지 않고 효도하는 것, 동생으로는 누나 말 잘 듣고 싸우지 않아야 한다. 또한 학생으로는 공부를 열심히 하고 선생님 말씀 잘 듣기 등이 있는 것 같다. 마지막으로 친구로서는 싸우지 않고 힘든 일이 있으면 경청해줘야 하는 것 같다.

나의 강점에 대해 생각해보았는데 막상 갑자기 나의 강점을 찾으려고 하니 어색하기도 하고 낯간지러워서 잘 적지 못했다. 그러나 뭐가 있을까 곰곰이 생각을 하다 보니 무엇보다도 자신감이 있는 게 강점인 것 같다. 무슨 일을 해도 자신감을 가지고 그 일에 참여하는 것과 자신감 없이 그 일에 참여할 때 작업의 속도와 결과물은 차이가 많이 난다.

사람을 만날 때 첫인상이 정말 중요하다고 한다. 첫인상 즉 사람을 처음 볼 때 자신감 없이 축 처져 있고 그 사람이 인사를 한 후에 내가 인사를 하는 것보다는 내가 먼저 나서서 처음 보는 사람에게 밝게 인사를 하면 그 사람의 기분이 더 좋지 않겠는가? 그러한 점에서 내가 자신감이 많은 것은 정말 좋은 강점이라고 생각한다.

나의 미래

과연 나의 미래는 어떨까? 아마 대부분의 사람들이 생각해 보았음 직한 질문이다. 일단 나는 미래에 세계적인 CEO가 되어 행복하게 살고 있을 것이다. 세계적인 CEO가 되기 전 많은 고난도 있겠지만 모두 헤쳐 나가고 결국엔 세계적으로 성공한 CEO가 되고 누나도 자신의 꿈을 이루어 둘이 함께 부모님께 효도할 것이다.

조금 자세히 말하자면 20대에는 세계 곳곳을 돌아다니며 외국에서 경영하는 외국인 친구들도 사귀어 해외와의 교류도 활발히 할 수 있게 하고 28살쯤에 결혼을 해서 자식들도 낳고 아내와 함께 즐거운 삶을 살 것이다. 30대가 되면 봉사도 더욱 열심히 하고 사회적 약자들에게 도움도 많이 주고 싶다. 더욱 더 나이가 들어 50대 정도가 되면 이제는 세계여행을 다니며 즐거운 삶을 살고 있을 것이다.

30년 후에 내가 신문에 난다면

2046년 2월 24일 대한민국 최고의 기업회장인 이동익 회장님께서 세계인들이 선정한 가장 닮고 싶은 인물 1위에 선정이 되었습니다.

이동익 회장을 1위로 선정한 이유 중 몇 가지를 살펴보겠습니다. 이동익 회장은 27세의 젊은 나이에 사업을 시작해 단 7년 만에 대한민국 최고의 위치에 올라서 유명해졌습니다. 세계 다섯 손가락 안에 꼽히는 부자이며 남녀노소 가리지 않고 모두가 존경한다고 합니다. 그러나 해외 봉사와 기부를 쉬지 않고 이어오고 있으며, 사회적 약자들을 위해 누구보다도 적극적으로 나서서 도움을 주는 사람이어서 선정했다고도 합니다.

이동익 회장과 그 기업에 대해 좀 더 알아보자면 2034년 대한민국 최고의 위치에 올랐으며 3년이 채 되지 않아 세계에서 주목하는 기업에 선정이 되었습니다. 또한 2039년에는 세계에서 손꼽히는 기업이 되었습니다. 항상 청렴하고 결백한 사람으로도 유명하며 인간관계도 좋은 것으로 밝혀졌습니다. 회사 직원들과의 소통을 가장 중요시하며 항상 직원들에게 좋은 환경과 편의를 제공함으로써 대학생들이 가장 취업하고 싶은 기업 1위로 선정이 되었습니다. 지금까지 이동익 회장에 대해 알아보았습니다.

도움의 진정한 의미

웅덩이에서 붕어가 어떤 사람에게 한 말 정도의 물을 가져다 달라고 부탁하였다. 하지만 그는 지금 당장은 안 되고 나중에 물을 많이 줄 것이며 여기보다 더욱 큰 웅덩이로 옮길 수 있도록 약속하였다. 그에 붕어는 크게 화를 내며 지금 자신이 지내기 충분한 물이면 충분하다며 지금 당장 물이 필요한 것이라고 말하였다.

이 말을 들으니 나도 그런 일들을 많이 겪은 것 같았다. 당장 준비물을 사야 되어서 오백 원이 더 필요한데 옆에 친구에게 빌려달라고 하니 다음 주에 천 원을 빌려준다는 것이다. 나는 지금 당장 필요한데 자꾸 다음 주에 준다고 해서 화를 낸 적이 있다.

한자 성어 중에 과유불급이라는 말이 있는데, 지나친 것은 미치지 못한 것과 같다는 뜻이다. 물론 의미가 완전히 같다고 볼 수는 없겠지만, 지금 당장 필요한 사람에게 필요한 만큼만 주면 되지, 필요가 없을 수도 있는 다음에 지나치게 많은 것을 주는 것은 쓸모가 없다고 생각한다. 다음에 친구가 무엇을 빌려달라고 하면 "다음에 더 줄게"가 아니라 지금 필요한 만큼만 빌려줘야겠다.

내가 닮고 싶은 사람 '아버지'

내가 가장 닮고 싶은 사람은 아버지이다. 어느 날 아버지와 둘이서 얘기를 나눈 적이 있었다.

아버지는 어렸을 적 요리 쪽으로 가고 싶었으나 할아버지의 반대로 공대를 갔다고 하셨다. 어머니와 결혼을 한 후 사업을 하셨는데 성공한 적도 있으나 실패도 많이 하셨다. 그러나 아버지는 포기를 모르는 남자였다. 아버지는 누구나 한숨을 쉬고 좌절을 겪을 만한 상황에서도 포기하지 않으셨다.

사업에 실패했을 때 아버지는 내게 이런 말을 하셨다.

'좌절하고 화를 내서 그 일이 잘 풀린다면 그렇게 해라. 그런데 좌절하고 화를 내서 그 일이 풀릴 리가 없다. 좌절할 시간에 해결할 방법을 찾고 화를 낼 시간에 성공할 방법을 찾아라.'

그 순간 왠지 모르게 어렸을 적 보았던 슈퍼맨처럼 멋있고 넓었던 아버지의 등과 나를 보며 환하게 웃어주던 아버지의 미소가 떠올랐다.

항상 아버지라고만 생각을 했지 아버지의 어릴 적, 삶에 대해 들어 본 적이 없었다. 가족과 함께 아버지의 삶에 대해서 들을 때면 가족 모두 참 파란만장한 삶을 살았다며 웃는다.

그러나 나는 나의 아버지는 누구보다도 대단하고 감사하며 존경스러운 남자, 포기를 모르는 남자라고 생각한다. 아버지께 사랑한다는 말이 어색해서 한 적이 거의 없는 것 같은데 여기서 한 번 말해보려고 한다.

아버지, 정말 사랑합니다!

나는 어떻게 살 것인가

나는 미래에 어떻게 살까? 누구나 궁금해 하면서도 정작 미래가 될 때까지는 모르는 질문이다. 미래에 내가 어떨지는 모른다. 하지만 생각하는 대로 이루어진다는 말이 있듯이 나는 항상 나의 장래희망과 어떻게 살 것인지에 대해 생각한다. 누구보다도 대단한 세계적인 CEO가 되어 부모님께 효도를 할 것이고 사회적 약자들을 위한

제도나 여러 가지의 편의 시설도 건설할 것이다. 부자이면서도 청렴하고 정직하며 남들에게 폐를 끼치지 않고 누구나 존경을 할 만한 인물로 성장할 것이다.

에필로그

이번 해에 처음으로 책쓰기 반에 들어왔는데 지금까지의 동아리와는 달리 결과물이 있어야 하는 동아리라서 힘들기도 했다. 그래도 책을 좋아해서 그런지 적응은 잘 되었다. 이번 책쓰기를 하면서 나에게는 정말 큰 도움이 된 것 같다. 단순한 생각을 하다가 더욱 생각의 폭이 넓어진 것 같기도 하고 새로운 책들을 읽으며 또 다른 지식들을 얻었다. 그런 면에서 책쓰기 반에 참 잘 들어온 것 같다.

세상은 복잡하다

이 인 석

프롤로그

우리는 '어떻게' 살아왔고
이제는 '어떻게' 살아갈 것인가?
어떻게 살아왔나, 어떻게 살아가고 있는가, 그리고 어떻게 살아갈 것인가.
'이인석' 에 대한 과거, 현재 그리고 미래의 관점

세상은 복잡하다

세계는 본인이 생각하는 것에 따라 바꿀 수 있다. 누가 봐도 단순한 걸 복잡하게, 복잡한 걸 단순하게. 자신이 느끼는 상황이 어떤가에 따라 현재의 상황이 바뀔 수 있다. 나는 세계가 복잡하다고 본다. 왜냐하면 단어에 관련된 생각을 하다보면 단순하게 출발한 생각이 부가적인 생각을 하면서 복잡하게 내용이 엮이기 때문이다.

지우개를 지우개로만 본다면 단순한 것이겠지만 이 지우개로 지우기, 게임을 한다든지 이런 부가적인 것들이 들어가면 다양해진 용도만큼 지우개는 복잡해진다. 또한 쇼핑이나 장을 볼 때도 어떠한 물품을 사려고 할 때, 가격, 용도 등을 따지면서 사면 사는 행위 그 자체도 복잡해지는 것이다. '사는 행위' 는 그냥 단순히 '쇼핑카트에 주워 담는 것' 이라는 의미보다 더욱 복잡해진다.

'세상은 단순하다. 왜냐하면 ~하고 ~하면 되기 때문이다.' 라고 말은 쉽게 할 수 있다. 하지만 막상 크고 작은 일들을 겪고 여기저기 부딪치다 보면 '세상 정말 복잡하다' 라고 느끼는 일들이 많을 것이다. 세계는 실제로도 너무 험하기 때문이다.

공부에 대한 원인론과 목적론

나는 어려서부터 공부하는 것을 싫어했다. 공부가 재미없었기 때문이었다. 어렸을 때는 공부를 안 해도 성적이 꽤 괜찮았다. 그런데 옆에서 자꾸 공부를 하라고 하니까 솔직히 짜증이 나곤 했다. 밖에 나가 노는 게 더 좋은데 왜 자꾸 공부를 하라고 하는지 몰랐다. 그러다가 5, 6학년이 되어서 성적이 정말 나쁜 편이 되었다. 그래도 나는 '뭐 어때, 괜찮겠지?' 라고 생각했다. 하지만 계속 학년이 올라갈수록 점수가 점차 내려가는 것을 보고 나는 '아, 이제는 정말 공부를 시작해야겠다.' 라는 생각이 되었다. 그래서 나는 그 이후 공부를 시작하게 되었다. 그래서 그 결과 중학교 배치고사 때 66등 하던 나는 중학교 1학년 1학기 중간고사 때 11등을 하게 되었다.

중학교 1학년 초반 때의 나

처음 겪는 중학교 생활은 정말 낯설었다. 초등학교 때는 분위기 좋은 남녀공학인 학교였지만 중학교는 남자 중학교라 설레면서도 한편으로는 잘 지낼 수 있을지 걱정과 설렘이 가득 했다. 그때 기분은 다시 일학년이 된다고 생각하니 처음 초등학교를 입학하던 때처럼 중학교는 처음이라 어떤 일이 벌어질지 기대가 되기도 하고 설레기도 했다. 하지만 중학교도 학교라 학교에서 겪을 수 있는 여러 가지 일들을 잘해 나갈 수 있을지 걱정이 되기도 했다.

초등학교 때는 좀 넓었지만 중학교는 좀 낡고 좁았다. 다른 학교에서 와서 처음 보는 친구들도 많았다. 담임선생님의 첫인상은 나쁘지 않았던 것 같다. 깔끔한 옷차림에 잘생기지는 않으셨지만 못생기지도 않으신 딱 평범하고 멋지게 생긴 선생님이셨다. 학교생활 초반은 별 탈 없이 지나갔다.

점점 학교생활에 적응하고 있을 즈음, 나는 지각을 연이어 두 번이나 한 일이 있었다. 반에서 처벌 받는 것을 보기는 했지만, 당해보기는 처음이었다. 처음 겪는 상황에 정말 당황스러웠다. 선생님은 다른 학년의 반에서 큰 몽둥이를 들고 와서 나의 엉덩이를 한 대 때렸다. 정말 눈물이 나도록 아팠다. 그것이 선생님을 살짝 싫어하게 된 계기가 된 것 같다. 그 일 이후 처벌에 대한 두려움도 있었겠지만, 그와 함께 내가 이상한 행동을 했을 때 같은 반 친구들의 시선도 두려워하게 되었다.

비록 초등학교 때에 비해서는 더 소극적이지만 나는 내가 해야 할 것들은 열심히 했다. 가끔 다른 아이들이 긴장감을 풀면 선생님이 종종 긴장하게 만들었다. 예를 들자면, 다른 친구들이 잘못을 하면 혼을 내고 때리거나 반 전체에 벌칙 정도를 준다는 정도로 우리를 긴장하게 만들었다. 초반에는 다른 반 선생님들도 조금 무서웠지만 다들 좋은 분이셨다.

나는 점점 반의 체계에 맞춰가며 학교생활에 적응해 나갔다. 2학년이 되어서는 더 잘 적응을 했고, 조금 더 여유로운 학교생활을 했다. 만약 내가 1학년 때 조금의 압박도 없었다면 방황을 했을 수도 있다. 지금 생각해보면 그렇게 무서운 것도 아니었지만 왜 무서워했을까 싶다. 비록 나를 소극적이게 만들기도 했지만, 방황하지 않게 해주신 담임선생님께 감사하다.

이번 달 최고의 선생님 이인석

OO 초등학교의 이인석 선생님,

이번 달 최고의 선생님으로 선발!

OO 초등학교의 이인석 선생님이 이번 달 최고의 선생님으로 선발되어 상을 받게 되었다. OO 초등학교에서 학생들에게 최고의 선생님, 친절한 선생님, 제일 좋은 선생님을 물으면 너도나도 할 것 없이 이인석 선생님이라고 학생들은 답하였다.

매달 한 명만 받을 수 있는 최고의 선생님 상을 받은 이인석 선생님께 이유를 묻자 이인석 선생님은, "단지, 아이들을 사랑하는 마음으로 아이들에게 저의 모든 것을 투자하였습니다. 저는 선생의 도리를 한 것뿐인데 이러한 상을 받으니 당황스러우면서도 기분이 좋네요."라고 한 후, "인터넷에서 아이들에게 학대를 하거나 차별을 하는 그런 선생님들을 보면 선생님들도 안타깝지만 아이들이 정말 안타깝습니다. 그래서 저는 항상 행동에 대해 후회를 하지 않으려고 노력합니다."라고 말을 덧붙였다.

이인석 선생님이 학생들을 사랑하는 마음이 대단하여 이달 최고의 선생님이 된 것 같다. 이 모습을 본 네티즌들과 주민들은 '정말 훈훈한 선생님이다.', '우리 아이도 이런 선생님이 지도해주면 좋겠다.' 라는 의견을 보였다.

나의 인생 모델은 이세돌

나의 인생 모델은 '이세돌' 이다.

'이세돌' 이 최근 로봇 '알파고' 와 대결 중 한 판을 이긴 것이 이슈가 되었다. 그것을 보고 '인간이 기계를 이길 수 있구나' 라는 생각을 했다. 이세돌이 승리를 위해 얼마나 노력했을지, 또한 패배 후에도 깔끔히 인정하는 모습을 보고 나의 인생의 모델로 삼기로 했다.

이세돌을 알아보니, 실어증을 앓고 있었는데 이것도 바둑 연습 중에 생긴 병이라고 들었다.

나도 이것을 보고 '이렇게 실어증 같은 병을 앓고도 열심히 꿈을 향해 달려가는 모습이 정말 멋지다.' 고 생각했다.

또한, '아, 나도 이렇게 열심히 노력하고 훈련해서 나의 꿈에 대한 분야에서 꼭 성공하고 싶다.' 는 의지가 불끈 솟았다. 이세돌은 바둑을 위해 얼마나 노력했고, 얼마나 애정을 쏟아 부었을까. 나에게도 그런 분야가 있을까? 존재하지 않는다면 나의 노력으로 그런 분야가 생기도록 열심히 공부하고 필요한 분야에 대해 생각하고 조사를 해야겠다.

이것을 통해, 나도 이세돌처럼 한 분야에서 정말 뛰어나고, 나라를 대표하는 그런 인물이 되고 싶다.

나의 미래는

집에서의 내 역할은 '아들' 이다. 학교에서는 '학생' 이고 친구들에게는 '친구' 라는 역할이다.

그 외에 나는 인생에서 수많은 역할을 하면서 살아오고 있다. 아들로서 나는 집에서 엄마의 말을 잘 듣고, 집안일을 도와준다. 또 학생으로서는 공부를 열심히 하고, 선생님의 말을 잘 들으며 성실히 행동하는 것이다. 친구로서는 친구를 진심으로 대해주고, 이야기를 나누며 서로를 좀 더 이해하는 등 좋은 관계를 유지한다. 이런 역할을 하면서 나는 대화하기와 들어주기, 도와주기를 잘한다는 것을 알게 되었다. 그래서 이 2가지와 나머지 장점 등을 통해 진로를 결정하기로 했다. 바로, 힘든 사람들을 상담해 주거나 조언을 해주는 인생의 말동무 같은 '상담사'를 첫 번째로 결정했고, 두 번째로는 사회를 위해 열심히 봉사하고 힘든 사람들을 도와주는 '사회복지사'로 결정했다. 이 두 가지 직업이 나에게 맞는다고 생각한다. 하지만 나중에 가서 나의 성격이 바뀌기도 할 것이기 때문에 아직 나는 확실하게는 모르겠다.

공부는 누구의 과제일까

나는 공부를 할 때, 집중도 못하고 잘 되지 않는다. 그럴 때 가끔 우리 엄마는 공부를 하라고 한다. 여기서 생각해야 할 점은 '공부는 도대체 누구의 과제일까?'라는 것이다.

그런데, '그 선택이 가져온 결과를 최종적으로 받아들이는 사람은 누구인가?'를 생각해봐야 한다. 공부를 하지 않았을 때 이 선택은 내가 한 것이다. 그러므로 공부를 하지 않은 나의 결과는 결국 성적이 내려갈 것이다. 그래서 최종적으로는 내가 피해를 받고, 원하는 학교에 진학하지 못하거나 성적으로 인해 스트레스를 받는 등 많은 상황을 겪게 될 것이다. 그러므로 공부를 하지 않았을 때 가져온 결과를 최종적으로 받아들이는 사람은 '나' 이기 때문에 공부를 하는 것은 나의 과제인 것 같다.

백이와 숙제처럼 나라를 위해 희생할 수 있을까

나는 백이와 숙제처럼 나라를 위해 희생할 수는 없을 것 같다. 왜냐하면 나라를 위해 희생해도 나 혼자만 희생 하는 것이 아니라 여러 사람이 희생을 할 것 같은데 그러면 명예를 얻을 수는 있겠지만 다수와 같이 명예를 얻는 것이라 그렇게 좋지는 않은 것 같다.

또한, 나라를 위해 희생한다고 해도 나의 희생이 헛될 수 도 있고, 요즘 시대를 보면 희생해도 왜 희생했냐며 욕을 먹을 수도 있을 것 같다. 그래서 나는 백이와 숙제처럼 나라를 위해 희생할 수는 없을 것 같다. 하지만 상황에 따라 나의 의견도 바뀌기는 할 것 같다.

위급할 때 필요한 것을 주는 게 나을까?
아니면 기다렸다가 큰 도움을 주는 것이 나을까?

만약 내가 친구 혹은 지인을 도울 상황에 처했다면, "위급할 때 필요한 것을 주는 것이 나을까" 와 "좀 더 기다렸다가 더 큰 도움을 주는 것이 나을까"라는 두 의견이 나올 수 있다. 그 중에서 나는 그 사람이 위급할 때 필요한 것을 주는 것이 낫다고 생각한다. 그 사람이 힘들 때 조금이라도 도움을 줘야 그 사람이 위급한 상황을 이겨낼 수 있고, 좀 더 기다리다가 큰 도움을 주기는커녕 그 사람이 최악의 상황까지 갈 수 있다고 생각하기 때문이다. 혹은 기다렸다가 줄 때, 이미 그 사람이 위기에서 벗어났을 수도 있기 때문이다. 나중에 가서 큰 도움을 준다고 말하면 그 사람에게 신뢰가 깨질 수도 있고, 웬만하면 그때그때 도울 수 있다면 도와주는 것이 알맞다고 생각한다.

내가 만약 이러한 상황에 도움을 준다면 위급할 때 필요한 것을 줄 것이다.

나의 성향은

나의 성향을 성격유형검사로 알아보면 INTJ, ISTJ로 두 가지 성향이 나오는데 각각 "용의주도한 전략가", "청렴결백한 논리주의자"이다.

내가 생각하기에 나의 성향은 "용의주도한 전략가"에 가깝다. 왜냐하면 밑에 있는 부가적 INTJ의 설명에는 '상상력이 풍부하여 철두철미한 계획을 세우는 전략가형'이라고 되어 있는데 ISTJ의 설명보단 INTJ의 설명이 나와 더욱 비슷하기 때문이다.

조금 더 자세히 INTJ의 설명을 보면 "계획 달성을 향한 돌진", "돌부처와 같은 원칙주의자", "혼자 보내는 깨달음의 시간"이 부제목으로 각각 적혀있는데 셋 다 나와 비슷하다고 생각한다. 내가 생각하는 나의 성격은 되도록이면 계획 달성을 향해서는 노력을 하는 편이고 원칙도 깐깐하게는 아니지만 원칙을 잘 지킨다. 또한 다른 친구들과 시간을 같이 보내는 것을 좋아하긴 하지만, 혼자 있을 때는 깨달음을 얻기도 한다.

하지만 "혼자 보내는 깨달음의 시간"이라는 부제목 속 내용에는 '잡담이 그저 낯설기만 하다.' 라는 구절이 나오는데, 나는 잡담을 엄청 좋아한다. 혼자 보내기보단 다른 친구들과 야외 활동을 추구하는 편이다.

그래서 "혼자 보내는 깨달음의 시간"이라는 부제목은 나와 비슷한 면도 있고 비슷하지 않은 면도 있는 것 같다. 그렇지만 다른 면들은 나와 비슷한 내용들 같다.

현재는 ISTJ 성향보다는 INTJ 성향이지만, 나중에 나의 성격이 주변 인물이나 사물을 통해 바뀔 수도 있다. 그래서 현재는 현재로만이 성향을 알고, 나중에도 한 번 이 성격유형검사를 해볼 것이다.

나는 어떻게 살아갈까

나는 어떻게 살아갈까? 앞에 있는 글들을 쓰면서, 나의 미래를 생각해보게 되었는데 '나는 미래를 어떻게 살아갈까?' 라는 생각과 동시에 '뭐하고 살지?' 라는 생각도 들었다. 위에 글을 쓰면서 나의 미래 파트에서 '상담사, 사회복지사' 라는 직업을 찾긴 했지만 아직 확실하지는 않고, 내 예상으로는 곧 꿈이 바뀔 것 같다. 왜냐하면 나의 강점과는 맞지만 나의 성격과는 맞지 않는 것 같기 때문이다.

또, 직업과는 다른 진짜 "나는 어떻게, 어떤 행동을 하며, 어떤 가치관을 가지며 살까?"라는 생각을 해보았는데 아직은 솔직히 말해서 막막한 것 같다. 아직 제대로 된 가치관을 가지고 있지도 않는데다가 많은 경험을 해보진 않아서, 떠올려보면 막막할 뿐이다. 물론 지금 가치관 형성이 아예 안 되었다는 것은 아니지만 커서 가치관이 싹 바뀔 수도 있고, 아직 확실하게 가치관 형성이 진행되지 않았기 때문이다.

아직 확실한 미래와 가치관 형성이 되진 않았지만, 나도 나만의 미래를 향해갈 수 있겠지!

에필로그

나는 이 책을 쓰면서, 원고를 써야 하고, 원고를 수정하고 개인적으로 시간을 투자해야 해서 살짝 힘들긴 했지만 선생님들이 도와주시고 피드백 해주신 것으로 수정작업을 통해 점차 내 책이 완성되어 가는 것이 엄청 뿌듯했다. 과정 중 정말 힘들었지만, 나만의 책이 완성되어 정말 기뻤다. 동아리에서 이런 경험을 하는 것이 쉽지 않은데 나는 이 경험을 한 것 같아 기쁘다.

두 개로 나눠진 주장

최 민 수

프롤로그

지나가는 학교생활, 나의 청소년 시기 하루하루 소중한 나날들을 담아낸 나의 소설을 시작합니다.

두 개로 나눠진 주장

세상은 크게 두 개로 볼 수 있다. 세상을 단순하게 보느냐, 복잡하게 보느냐. 그러나 꼭 세상을 이 두 개로 나눠야 하는 걸까? 사람이 어쩌다보면 복잡하게, 어쩌다보면 단순하게 상황에 따라서 달라지기 때문이다. 더군다나 사람이 살다 보면, 언제나 복잡하거나 단순하게만 살 수는 없을 것이다. 1+1=2가 있다. 1+1을 수학적이 아니라

과학적으로 접근한다면 1+1은 2가 되는 것뿐 아니라 상당히 복잡해진다. 저렇게 간단한 문제를 복잡하게 생각하는 건 정말 바보 같은 짓일지도 모르겠다.

물론 꼭 단순하게 생각하라는 건 아니다. 사람이 살다보면 언제나 상황에 따라서 말투와 행동이 달라지니까. 이번에는 다른 예를 들어서 설명을 해보겠다. 만약 나의 진로에 대해서 고민 중인데, 옆에 있는 친구가 간단하게 대충대충 알려주면 진로에 대하여 더욱 혼란이 올 수도 있다. 그러니 세상을 보는 방법은 상황에 따라 보는 관점이 다르므로 딱 하나로 단순하다, 복잡하다로 단정할 수는 없다.

미래의 수학학원 원장

2046년 5월 20일

한국 최초로 외국에 수학학원을 설립한 최 모 씨는 현재 46세의 젊은 나이에 외국의 학원에 대한 인식을 바꾸었습니다. 그는 23세 때부터 수학학원의 선생으로 일하고 자신의 노하우와 실력, 경력을 인정받아 조금씩 학원을 전국으로 활동 범위를 늘렸으며 결국 46살의 나이로 한국 최초로 외국에 학원 열풍을 이루어 냈습니다.

그는 13세 때부터 자신이 존경해왔던 학원선생님의 제자로 들어가 23세에 그 학원의 선생님이 되었습니다. 그리고 30세, 그는 자신이 존경하는 학원 원장의 자리에 앉게 됩니다. 그리고 전국으로 조금씩 자신의 수학학원을 늘리며 결국 전국에서 그 수학학원의 노하우와 실력을 인정받아, 대한민국의 최고의 수학학원으로 자리를 잡게 됩니다.

그리고 45세 때 그는 외국에서 자리를 잡아 수학학원을 건립하게 됩니다. 외국에도 학원을 성공시키겠다는 욕심에서였습니다. 처음에는 외국에서는 학원이라는 것을 다녀본 적이 없어 많은 학생들이 외면하는 경우가 많았습니다. 하지만 그는 열심히 외국에 학원 열풍을 일으키기 위해서 노력하였고, 결국 그의 노력은 돌풍이 되어 1년 만에, 외국에 학원 열풍을 일으켰습니다. 그렇게 그는 현재의 한국 최고의 학원 원장으로 자리 잡게 되었습니다.

나의 열등감, 칭찬을 받아들이는 의식

과거의 나는 언제나 활기차고 힘찬 아이였다. 누구보다 먼저 앞서 나가고, 먼저 말을 걸어보고, 누구든지 친해지고 싶었고 많은 사람들이랑 만나보고 싶었고, 사람들이랑 이야기하는 걸 많이 좋아하였다. 그리고 하루 종일 내 옆에 누가 있어주면 했고, 혼자 있는 걸 싫어했다. 그리고 언제나 덤벙거리기 일쑤라, 언제나 조심성 없이 다니다가 다치는 게 생활이 되었다. 그러나 나는 언제나 밝았다. 누구에게나 웃음을 짓고, 근처의 분위기를 화사하게 만드는 분위기 메이커였다.

하지만 지금의 나는 예전만큼 활기차고 활발한 아이는 아니지만, 남이랑 말하면서 지내는 것을 아직도 좋아하고 있다. 그렇지만 처음 만나는 사람과 쉽게 못 친해지는 단점이 생겨 버렸다. 그래서 내 자신이 최근에 열등감을 가지기 시작했다. 근처에 나와 같이 생활하는 학생들을 보면 다들 많은 사람들과 잘 어울리고 말을 많이 하고 누구보다 친하게 지내려고 노력하는 것 같다. 그런 점에서 보면 나는 지금 너무 뒤쳐진 것 같고, 남보다 내가 사람과 친해지기 힘들다고 느끼게 되어 매일 혼자 있고, 소외되고 외톨이로 만드는 것 같다. 그러다보니 사람과 만나는 것을 최소화를 하고 혼자 있는 시간을 지나치게 많이 가지는 것 같다. 그런 것을 본다면 내 자신이 너무 한심해 보이고 남보다 사교성이 좋지 않고, 누구보다 사람과의 관계가 뒤처지는 느낌을 받는다.

이런 점에서 본다면, 과거의 나보다 더욱 안 좋아 보일 수도 있지만, 이런 열등감으로 인해 미래의 나를 조금 더 발전을 시키는 것이 가능하다고 생각한다. 그래서 내가 열등감을 느껴도 긍정적으로 생각하는 경우도 있다. 그 반대로 예전에는 공부를 못하였지만, 지금은 예전보다는 공부를 많이 잘한다. 그런 점에서 본다면 아주 좋지만, 다른 관점에서 본다면 내가 '공부를 예전보다 잘해졌다고 해서 대충해도 공부를 잘하겠지' 라는 생각을 가지게 되며, 공부를 하지 않게 된다. 그러다 보니 나는 매일 놀고, 공부하는 것이 귀찮아진 것 같다. 그런 점에서 본다면 내 자신이 많이 좋지 않다고 느낀다. 과거의 나와 지금의 나를 생각해보니, 정말 많이 달라진 것 같다.

아무래도 나의 열등감을 긍정적으로 바꿔, 나를 발전시켜야 할 것 같고, 너무 자만하면 안 되는 것 같다. 그래도 예전의 나보다는 지금의 나의 모습이 좋은 것 같다. 부족한 점을 메워나가면 되는 것이고,

좋은 점은 좀 더 부각시켜 나를 더 발전해 나갈 것이다.

두 갈림길

나는 예전에는 활발하고 활기찬 아이였다. 언제나 사람과 만나는 것을 좋아하고 사람과 이야기하는 것을 좋아하였다. 그렇지만 지금은 아니다. 현재 나는 사람과 만나는 것보다는 이제는 휴대폰으로 다른 사이버로 만난 사람들과 이야기 하는 게 더욱 좋다. 나는 왜 이렇게 되었을까 생각해 보니, 추측건대 2년 전에 휴대폰을 사며 자연스럽게 사이버에서 사람들과 소통하게 된 것 같다. 이야기하다보니 어쩔 수 없이 휴대폰에서 만나는 게 더욱 편해졌다.

그런데 지금 와서 생각해보니 그건 원인론이라고만 생각이 된다. 그저 핑계일 뿐이다. 만약 내가 이렇게 사이버에서 사람들과 만나면서 이야기 하는 것이 '좀 더 편하다.' 라고 생각한 것은 아마도 휴대폰이 아니라 나의 의지가 그쪽으로 갔기 때문일 것이다. 과거에 휴대폰을 산 것에 대해 내가 억지로 주장하는 것을 보면 목적론 같지만 내가 휴대폰으로 인해 어쩔 수 없이 이렇게 된 것은 원인론일 것이다. 이렇게 살아가다보면 원인론, 목적론을 사용하는 경우가 많다. 하지만 난 이렇게 원인론, 목적론이라는 두 갈림길에서 선택을 할 수밖에 없었다.

4+2 = 6가지

나의 역할은 4가지로 나눠진다.

첫 번째는 아들의 역할이다. 언제나 아침, 저녁 때 부모님과 있는 시간이 많아진다. 그래서 항상 아들로서 부모님이 힘든 집안일이나 도와드릴 것을 도와드리고 집에서 내가 해야 할 것 예를 들어 공부나 숙제를 함으로써 미래에 부모님께 효도를 해드리기 위해 노력하고 있다.

두 번째는 학생의 역할이다. 언제나 학교에 오면 많은 선생님들에게 인사를 드린다. 선생님들 한 분 한 분 고개를 숙이며 인사를 하면서 친목 관계를 쌓는 것은 아주 중요한 것이다. 선생님들 앞에서는 학생이므로 언제나 밝은 웃음으로 선생님의 수업을 듣고 인사를 한다.

세 번째는 동생의 역할이다. 나에겐 나이차가 많이 나는 형이 하나 있다. 그래서 언제나 형과의 시간을 보내기 위해 서로 양보하고 동생의 역할로 형과 대화를 많이 하고, 같이 있고, 많이 웃고 등등 동생으로서 형에게 많이 배려를 하고 있다.

네 번째는 네티즌 모임의 한 구성원이다. 휴대폰으로 많은 사람들과 대화하고, 카페를 만들어 많은 사람들과 소통을 한다. 그러다 보니 현재의 나의 성격이 아닌 사이버에서만의 다른 성격이 나온다. 가끔 실제로 만나는 사람들이, 내가 사이버로 많은 사람과 소통하면 신기해한다.

다음으로 나의 강점은 2가지인 것 같다.

첫 번째로는 남을 배려하는 마음이 강한 것 같다. 무엇이든지 나보다는 남을 먼저 생각하고, 내가 희생되더라도 남이 행복하다면 나도 기쁜 것 같다. 뭐든지 다른 사람이 웃으면 나도 웃고, 다른 사람이 울면 나도 울고, 뭐든지 남을 배려하는 마음이 강한 것 같다.

두 번째로는 언제나 긍정적으로 생각한다. 웃음을 지으며 뭐든지 기분 좋게 소화하려는 것 같다. 남이 불안하거나, 힘들 때는 언제나 위로하는 말을 건네주고, 토닥여준다. 아무리 나쁜 상황에 놓여도 뭐든지 최상의 방법을 찾아보고, 분위기를 밝게 만들려고 노력한다.

나의 원장 선생님

저는 저희 학원 원장 선생님을 닮고 싶습니다. 저의 꿈은 선생님입니다. 하지만 선생님이라고 해도 모두 선생님이 될 순 없습니다. 그런데 저희 학원 원장 선생님은 학교가 아닌 자신만의 노하우로 다른 기존의 수학 학원들과 비교도 되지 않을 규모의 학원을 만드셨습니다. 지역 최초로 공부 강연도 여신 아주 멋진 분이십니다.

더군다나 그분은 수업을 하시는 내내 지루하지 않고, 학생들을 위해서 먼저 생각해주시고, 학생들의 기분과 마음을 생각해 주시는 아주 배려심이 넘쳐흐르는 선생님입니다. 수업을 들으면 재미있고 집중도 잘 돼서 지루하지 않고 재미있게 공부를 할 수 있습니다. 그런 선생님을 보며 나는 그 선생님처럼 학생들을 가르치는 모습을 본받고 싶습니다.

미래의 학원 선생님

나는 학원 선생님이 꿈이다. 학원은 학교와 다르게 적은 학생들과 같이 수업한다. 좁은 공간에서 같이 생활하면서 많은 학생들과 친해질 수 있다는 장점이 있다. 학원은 학교에 비해 상대적으로 학생 수가 적기 때문에 좀 더 꼼꼼하게 공부를 가르쳐 줄 수 있다. 아마도 내가 미래에 학원 선생님이 된다면, 학생들의 마음을 헤아리며 가르칠 것이다.

학생, 가족 갈등

우리는 살면서 자유와 과제로 갈등한다. 자유로 인해 과제를 못하는 경우도 엄청 많다. 하지만 과제를 함으로써 자유를 잃어버리는 경우도 생길 수 있다.

'자유' 라는 것에 너무 집중을 하면 과제 즉, 자신이 해야 할 일을 못하는 경우가 많이 생긴다. 학생은 숙제, 공부를 해야 하는 의무가 있고, 부모님은 자식을 지켜야하는 의무가 있고, 가장은 돈을 벌어 생계를 책임지는 의무가 있는 것처럼 자신이 해야 할 의무를 하지 않으면, 자신을 포함해 가족, 근처에 있는 사람들이 힘들어질 것이다.

그리고 '과제' 라는 것에 너무 집중하게 되면 휴식이라고 하는 자유가 없어질 것이다. 그렇게 된다면 우리가 사는 세계는 웃음소리가 없는 삭막한 세계가 될 것이다. 그러니 자유와 과제는 같이 공존하며 너무 한쪽으로 쏠리면 안 된다. 뭐든지 적당히 하고 자신의 감정을 억제할 줄 아는 것이 중요하다.

백이와 숙제에 대한 나의 생각

백이와 숙제, 이 사람들은 과거에 자신이 아끼는 나라를 위해 목숨을 바쳐 충성을 한다. 군주가 의롭지 못한 일을 하려하자 그것을 막으려 한다. 하지만 성공하지 못하자 이 사람들은 자신이 믿는 신념을 죽을 때까지 산에 들어가서 살다가 결국 숨을 거두는 내용이다. 나는 이 내용이 이해가 간다. 자신이 아끼고 사랑한다면 그것을 위해 마음을 다하는 것은 당연한 것이다. 더군다나 그런 행위로 인해서 사람들에 대한 인식도 바뀐 것이 많다.

예를 들어 교통사고가 나서 수십 명의 아이들이 위험한 상황일 때, 근처에 있는 사람들이 와서 그 아이들을 꺼내주고 구해주었다고 하자. 만약 그 사람들이 아이들에게 사랑이 없다면 과연 그런 일을 하였을까? 더군다나 이런 상황이 생기면서 사람들이 보는 시선이 달라지는 것이고 꼭 그것에 대해서 충성한다고 해도 특별히 나쁘지 않은 거면 괜찮다고 생각한다. 이렇게 충성하는 사람들을 보면 보기에도 좋고 사람들의 인식을 변화시킬 수 있어서 백이와 숙제의 마음이 이해가 된다.

ESTP

나의 유형은 ESTP로 나왔다.

관대하고 느긋하며 어떤 사람이나 사건에 대해서 별로 선입관을 갖지 않으며 개방적이다. 자신에게나 타인에게나 관용적이며, 일을 있는 그대로 보고 받아들인다. 그래서 갈등이나 긴장이 일어나는 상황을 잘 무마하는 능력이 있다. 꼭 이렇게 되어야 하고 저렇게 되어야 된다는 규범을 적용하기보다는 누구나 만족할 수 있는 해결책을 모색하고 타협하고 적응하는 힘이 있다.

주의를 현재 상황에 맞추고 현실을 있는 그대로 보는 경향으로 인해 현실적으로 야기되는 문제의 해결에 뛰어난 능력을 발휘하기도 한다. 친구, 운동, 음식, 다양한 활동 등, 오감으로 보고 듣고 느끼고 만질 수 있는 생활의 모든 것을 즐기는 형이다. 특히 주어진 현실 상황과 그 순간에 무엇이 필요한지를 잘 감지하며 많은 사실들을 쉽게 기억한다. 예술적인 멋과 판단력을 지니고 연장이나 재료들을 다루는 데 능하다.

개인의 느낌이나 주관적 가치에 기준을 두고 결정을 내리기보다 논리적, 분석적으로 일을 처리한다. 읽고 쓰는 것을 통해 배우기보다 직접적인 경험을 통해 배우는 것을 선호한다. 반면 추상적인 아이디어나 개념에 대해서는 흥미가 없다.

이 설명과 연관 지었을 때 나는 생각보다 닮은 점이 많은 것 같다. 일단은 첫 번째, "읽고 쓰며 배우기보다는 직접적인 경험을 통해 배우는 것을 선호한다." 이 문장이다. 나는 읽고 쓰는 것에 흥미가 없는 건 아니다. 하지만 나는 직접적으로 체험을 해보고 느껴보는 것을 더 좋아하는 것 같다. 왜냐하면 직접 체험해보면 기억이 오래 남기 때문이다.

두 번째로, "친구, 운동, 음식, 다양한 활동 등, 오감으로 보고 듣고 느끼고 만질 수 있는 생활의 모든 것을 즐기는 형이다." 이 문장이다. 나는 모든 것을 즐기고 긍정적으로 생각하는 타입이다. 공부같이 힘든 것도 재미있게 변화시켜서 하려는 것 같다. 이런 문장을 보면 나랑 엄청 닮은 부분이 있지만 나랑 닮지 않은 부분도 존재한다. "예술적인 멋과 판단력을 지니고 연장이나 재료들을 다루는 데 능하다." 이 문장이다. 이 문장은 공감이 안 된다. 왜냐하면 나 같은 경우는 연장, 재료를 다루는 데는 능하지도 않다. 더군다나 예술적 멋, 판단력은 더더욱 아니기 때문에 이 문장은 그렇게 공감할 수가 없다.

내가 가야할 길

솔직하게 말해 아직도 잘 모르겠다. 내가 어떻게 살아야할지, 내가 무엇을 해야 될지, 내가 무슨 생각을 해야 하는지, 미래를 위해서 무엇을 준비해야 되는지도 정확히 모르겠다.

하지만 하나는 알 수 있다. 내가 얼마나 노력하느냐에 따라 내가 어떻게 살아야 하는지 길이 보인다는 것을, 그렇지만 지금의 나는 노력을 하지 않는 것 같다. 앞으로 어떻게 살아야 하는지, 내가 미래에 무엇을 해야 하는지 그것보다는, 내가 지금 무엇을 해야 하는지, 내가 지금 무엇을 해야지 올바른 길인지, 그게 더 중요한 것 같다. 어떻게 살 것인지에 대해서보다는, 현재의 내가 어떻게 해야 하나라는 것이 조금 더 중요하다.

에필로그

두 번째로 글쓰기 반에 참여하였다. 작년과는 다른 주제여서 조금 망설였지만, 나름대로 열심히 하였고, 나의 생각을 책에다 담을 수 있어서 아주 좋았다. 그렇지만 나의 의견 내가 생각하는 것을 하나하나씩 적어야 한다는 게 쉽지만은 않았다. 그렇지만 나름대로 보람도 있었고, 마치 여기에 말한 내용 하나하나 내가 지금까지 꺼내지 못한 말들을 속 시원하게 말하는 것 같은 느낌이어서 나름 책을 쓰면서 편안했다. 그리고 후회도 없다.

내 인생에서 이렇게 책을 쓰고, 한 페이지에 내가 쓴 목록들을 올린다는 것, 이런 기회가 이제는 없을 수도 있기 때문이다. 그래서 더욱 이걸 쓰는데 나름대로 머리를 쥐어짜며 열심히 한 것 같다.

앞으로 이런 기회가 생긴다면 또 할 것 같다. 그리고 이렇게 글을 쓰는 것이 얼마나 힘든 것도 알게 되고 정말 좋은 경험이다. 이제 기회가 없을 수도 있지만 만약 기회가 된다면 꼭 한 번, 더 적어보고 싶다.

서로 다른 세상의 관점

최 영 규

프롤로그

이 책을 시작할 때, 나는 이런 활동을 왜 해야만 하나 했다. 이런 활동을 한다는 것 자체와 왜 해야 하나 하면서 동아리 날이 오는 것을 싫어했다.

서로 다른 세상의 관점

세상은 단순하다? 아니 복잡하다?

우리의 세계는 이 둘 중 어디에도 속하지 않는다. 살면서 어떤 일이 벌어질지 모르는, 수많은 유동적인 상황에서 명확하게 세계를 구분 지을 수는 없을 것 같다.

오늘은 무엇을 할까, 저녁은 뭘 먹을까라는 단순하고 사소한 문제도 개인의 가치관에 따라 여러 상황으로 펼쳐질 수 있기 때문이다. 또 한참을 생각해보아도 답이 나오지 않는 고민도 사실 정말 단순한 것일 수도 있다. 우리의 일상은 한 치의 오차도 없이 계획대로 이루어지는 단순한 날도 있지만 그렇지 않은 복잡한 날도 있다. 어떤 경우든 잘 대처하려면 유동적으로 살아야 한다. 그때그때 상황에 맞춰서 말이다. 그러기 위해서는 항상 열린 마음으로 생각을 획일화하지 말고, 어떤 것은 항상 옳다고 생각하는 고정관념을 부숴야한다. 안타깝게도 세상에는 아직도 많은 사람들이 그릇된 고정관념과 틀에 박힌 생각을 가지고 산다.

과거에 비해 많이 사라졌지만 아직까지도 흑인보다는 백인을 선호하는 인종차별이 만연해 있다. 세계가 문화, 경제적으로 서로 교류하고 나아가는 이 시대에 외국인 노동자를 차별하거나 다문화 가정을 차별하는 일들이 사실 많은 사람들의 무의식 속에 이러한 고정관념에 사로잡혀 있다는 것이다.

내가 나중에 훌륭히 성장해서 이런 고정관념을 다 부수는 깨우친 사회를 만들어보고 싶다. 나는 세계를 고정관념 없이, 투명하게 바라보고 싶다.

원인이 먼저? 목적이 먼저?

얼마 전에 인터넷에서 친형이 자꾸 동생을 괴롭힌다는 글을 읽었다. 사람들의 의견은 형이 잘못했다, 동생이 잘못했다며 크게 둘로 나뉘는 추세였다. 물론 폭력은 정당화돼서는 안 되지만, 양측의 입장을 고려해 보자.

동생이 먼저 형에게 장난을 치지만, 형은 항상 그것을 장난으로 받아들이지 않고 폭력으로 대응한다. 그러면 동생이 형에게 한 행동 때문에 어쩔 수 없이 때리게 되었다고 이유를 댄다. 동생을 때리기 위한 목적을 숨기기에 좋다. 반대로 정말 동생이 형에게 한 어떤 행동 때문에 어쩔 수 없이 폭력을 행사했을 수도 있다. 동생들은 종종 형에게 도발을 하며 서열을 뭉개고 싶어 하기 때문이다.

유교사상이 짙은 우리사회에서는 윗사람에 대한 예의를 중요시한다. 동생이 형에게 공손하지 못한 행동을 하면 안 된다고 여기기 때문에 형의 괴롭힘이나 폭력이 정당화되기도 한다. 하지만 나는 목적론보다는 원인론을 믿는 편이다. 국어에도 있지 않은가? 인과관계, 원인과 결과. 원인을 알면 결과에 어떠한 영향을 미칠지 알 수 있다.

과거로부터의 나, 앞으로의 나

과거의 나는 그저 수업시간에 잠만 자고 점심시간에는 밖에 나가 운동도 잘 하지 않는, 그런 내성적인 아이였다. 하지만 중학교에 들어오면서 달라졌다. 내성적이었던 아이는 점차 성격이 밝아졌으며, 외향적으로 바뀌었고, 전에는 좀처럼 하지 않던 운동도 친구를 따라 하기 시작하였다. 그러면서 예전의 흔적은 거의 찾아볼 수 없게 되었다. 나는 외향적인 친구들이 부러웠다. 그래서 내 자신이 바뀌기를 원했다. 그때 깨달은 것이 있다. 사람의 성격과 가치관은 그 사람의 환경에 따라 결정된다고. 그 생각은 지금까지도 변함이 없다.

중학교 2학년 들어와 정들었던 1학년 때 친구와 헤어져서 또다시 새로운 친구들을 만들었다. 2학년 때는 1학년 때 반보다 더 마음이 맞는 친구들이 많았던 것 같다. 옹기종기 모여서 저들끼리의 유대감을 더욱 강화하는 친구들도 사귀었다.

어느덧 중학교의 최고 학년인 3학년에 도달했다. 또 다른 친구들을 사귀었고, 의젓한 학교 선배로서 모범을 보일 때도 되었다는 생각이 들었다. 3학년이 되고 보니 지난 과거도 값지지만 앞으로 다가올 미래가 더 값진 것 같다. 왜냐하면 지금까지 살아온 나날보다 앞으로 살아갈 나날이 훨씬 많기 때문이다.

과거에 얽매이지 말고 더 나은 미래를 만들 수 있도록 의지를 가지고 노력해야겠다.

미래의 내가 구체화된다면

대구 출신 최 검찰청장이 '올해의 인물'에 선정되어 화제입니다. 경구중학교를 다닌 그는 스물여섯이란 나이에 사법고시에 합격하면서 재능을 인정받고 일찌감치 법조계로 뛰어들었습니다. 과거 단기간 재판을 많이 했던 인물로도 신문에 났었는데요, 그러한 그가 올해의 인물에 선정되어 또다시 세간의 주목을 받았습니다.

'차세대 한국을 이끌 큰 인물', '앞으로의 향후 전망이 더욱 기대되는 인물' TOP 1에 꼽혔으며 정치계로 발걸음을 내디딜 가능성도 있을 것으로 보입니다.

인터넷에 평소 선한 행실이 공개되면서 대중들에게 존경과 사랑을 받으면서 그의 성공실화는 젊은이들 사이에서 대단한 열풍을 일으키고 있습니다. 이하는 그와의 면담입니다.

기자: 올해의 인물에 선정되신 것을 다시 한 번 축하드립니다. 일찍이 법조계를 선택하셨는데 이유를 여쭈어 봐도 될까요?

최 검장: 저는 옛날부터 범죄자가 죽도록 싫었습니다. 어릴 때 한 아이의 괴롭힘으로부터 시작됐습니다. 아무 정당한 이유 없이, 그저 마음에 들지 않는다는 이유로 괴롭힘을 당했습니다. 그래서 아이는 매사에 소극적으로 변했습니다. 그 이후 어떤 범죄든 범죄를 저지르는 걸 보면 정말 싫었죠. 그때부터 제 모토는 '권선징악'이 되었습니다. 그래서 검사란 직업을 선택했다고도 볼 수 있죠.(웃음) 이번에 검경 체제를 개편하면서 더 빠르고 신속한 출동이 이루어질 것으로 예상됩니다.

권선징악이 모토인 최 검찰청장. 그의 이야기처럼, 앞으로도 더 많은 활약을 기대해도 좋을 것 같습니다.

나의 롤모델

스티브 워즈니악이라는 사람을 아는가?

그는 스티브 잡스가 애플을 창시할 때, 실질적인 도움을 주었던 사람이다. 애플을 스티브 잡스가 만들었다고 믿는 사람들이 많지만, 사실 스티브 워즈니악이 더 큰 비중을 차지한다. 요즘 컴퓨터는 모니터가 필수다. 이 모니터가 달린 컴퓨터의 특허를 낸 사람이 바로 이 스티브 워즈니악이다. 만약 스티브 워즈니악이 이 같은 모니터가 달린 컴퓨터를 발명하지 않았다면, 컴퓨터 산업은 정말 늦게 발전되었을 것이다.

그는 뛰어난 기술을 가지고 있으면서도 항상 유머러스함을 잃지 않았다. 나도 스티브 워즈니악처럼 고도의 기술, 능력을 가지면서도 다른 면을 가지고 싶다. 그 후 워즈니악은 비행기 사고로 기억상실증을 얻게 되고, 치료한 후에 회사에 돌아왔다. 하지만 정치나 경영에 몰두하는 회사의 모습에 실망하여 사표를 내고 사퇴한다. 워즈니악은 개발에만 전념하고 싶었다고 한다. 자신의 분야에만 집중하고 다른 사사로운 것은 생각하지 않는 모습이 정말 멋있었다.

일상생활에서의 나의 역할과 강점

내 역할은 친구들에게는 친절한 친구, 부모님에게는 다정하고 살가운 아들이다.

나의 강점은 항상 침착함을 유지하는 것이다. 좀처럼 화를 잘 내지 않고, 평정심을 유지하고 흥분하지 않는다. 게다가 욕도 잘 쓰지 않는다. 나는 나의 이러한 점들을 화를 잘 내고 쉽게 흥분하는 친구들도 배웠으면 좋겠다.

나도 부족한 게 많아서 배울 점이 많지만, 이런 점은 꼭 배워야 할 점이라고 생각한다. 왜냐하면 중학교 3학년인데도 아직도 쓸데없이 화를 잘 내고, 감정에 잘 휘둘리는 친구들이 많기 때문이다. 나는 어떤 일이 있어도 침착히 대처할 수 있는 검사가 되고 싶다.

나는 미래에 무엇이 될까

나는 검사가 되고 싶다. 판검사 할 때 그 검사 말이다. 옛날부터 나는 범죄를 저지르는 악인들을 무척이나 싫어했다. 그리고 검사와 관련된 드라마를 보았다. 변호사와 검사가 재판에 참여하는 그 드라마는 '너의 목소리가 들려' 라는 드라마였는데, 주인공은 변호사였지만 검사가 더 좋았다.

그때 이후로 검사에 대해 자세히 찾아보고, 지금의 꿈에 이르렀다. 검사가 되어서 악인을 처벌한다니, 멋지지 않은가? 물론 검사가 되는 길은 매우 험난할 것이다. 하지만 난 이뤄낼 것이다. 단순한 직업이 아니라 하고 싶었던 일까지 하는 것이니 일을 하는 과정 또한 정말 즐거울 것이다. 이런 검사가 되어서 정의를 실현할 생각이다. 악인의 잘못을 밝혀서 이 세상을 깨끗하게 만들고 싶다.

자유가 필요한 곳, 과제가 있는 곳

자유는 사람이 살면서 가져야 하는 가장 첫 번째 권리일 것 같다. 자유 없는 삶이란 상상할 수 없다. 자유가 없다면 모든 일을 할 때마다 감시받을 것이다.

과제란 살아가면서 자신이 해야 할 일을 포함하는 모든 활동들에 해당하는 것이다. 예를 들어, 학생으로서는 공부를 해야 한다는 과제가 있고, 가장으로서는 가정을 부양해야 한다는 과제가 있다.

그래서 나는 자유와 숙제는 일생에서 절대 떼놓을 수 없는 것이라 생각한다. 숙제를 다 하지 못하면 자유를 누리지 못하고 숙제에 사로잡혀 있을 수 있다.

충성과 실리 중의 선택

백이와 숙제는 아버님이 돌아가신 후 아직 장사도 지내지 않아 전쟁을 할 수 없다고 하였다. 왜냐하면 그것은 효가 아니기 때문이다. 이에 왕은 크게 노하여 죽이려 했으나, 강태공이 이들은 의로운 사람이라 하여 죽음을 면하였다. 이후 상나라는 멸망하고, 주나라가 세워졌다. 그러자 백이와 숙제는 주나라의 고사리는 먹지 않겠다고 주장해 굶어죽게 된다. 과연 나라면 그 나라를 잊지 않고 계속 섬길 수 있을까? 만약 나라면 그러지 않을 것 같다.

나라면 다시 나라로 돌아가서 새로운 시대가 오는 것을 받아들일 것 같다.

너무 많은 것은 오히려 실이 될 수 있다

물웅덩이에서 붕어가 한 말이나 한 되 가량의 물을 가져다 달라고 했다. 하지만 장자는 나중에 물을 많이 주어 큰물로 옮겨가게 하겠다고 약속하였다. 그에 붕어는 크게 화를 내며 지내기 충분한 물이면 충분하다고, 지금 당장 물이 필요한 것이라고 말하였다.

이 이야기의 교훈은 당장 필요한 것을 갖다 주고, 더 큰 것을 갖다 줄 필요가 없다는 것이다. 마치 쓰러져 있는 사람에게는 응급조치가 필요한데, 굳이 40분 거리의 병원에 데려다 줄 필요가 없다는 것이다. 과유불급이라고, 너무 많은 것은 독이 될 것 같다.

더도 말고 덜도 말고 그 사람이 원하는 것만큼만 해 주면 될 것 같다.

검사로 알아보는 나의 성격유형

나의 성격유형은 INTP-T이다. 나는 내향적인 성격이고, 직관형이다. 원칙을 주의하기보다는 이성적인 사고를 한다. 계획적인 것보다는 탐색적인 성격이 강하다. 자기 의견을 주장하기보다는 신중한 선택을 한다.

검사결과는 내 생각과 비슷하다.

나는 조용하게 살고 싶다

나는 그냥 흘러가는 강물처럼 있는 듯 없는 듯 살고 싶다. 마치 도서관 속 아무도 찾지 않는 고서처럼, 영화 속의 엑스트라처럼 살고 싶다. 그다지 특출하지도 않고 못하지도 않는 뜨뜻미지근한 삶을 살고 싶다.

에필로그

난 그 동안 조금이나마 달라진 것 같다. 전보다는 좀 더 차분히, 인과관계를 따져서 생각을 하게 된 것 같다. 평소에 글을 쓰는 활동을 하면 할 말이 정말 없는데, 이렇게라도 글을 쓸 기회가 생겨서 좋았다.

너는 어떻게 볼 거니

최 준 혁

프롤로그

처음으로 책을 쓰게 된 것은 작년부터였다. 작년에는 자유 주제로 생각나는 것에 대하여 막 이야기를 지어 냈지만 이번에는 주어진 주제로 글을 쓰는 것이다. 여러 의미로 귀찮을 거 같다. 솔직히 이번은 많이 힘든 여정이 될 거 같은 느낌이다. 얼마나 고생을 하게 될지 눈에 뻔하다.

너는 어떻게 볼 거니

세계는 복잡하면서 간단하다. 지금 세계는 원인, 과정, 결과라는 것으로 이루어져 있기 때문이다.

예를 들어보자. 내가 태어나 살고 있다. 살면서 많이 사람들을 만나고 이별을 하고 많은 사건들이 일어난다. 하지만 결국에 죽었다. 이것을 간단하게 3개로 나타낼 수 있다. '원인, 태어났다. 과정, 살면서 여러 일이 지나갔다. 결과, 죽었다.' 라고 말이다. 이 논리도 약간에 모순점이 있다. 원인은 과정이면서 결과가 된다. 이게 무슨 소리인가? 원인이 있어야 과정과 결과가 있다.

그렇다면 원인은 어떻게 생겨나는 것인가? 원인은 바로 다른 결과와 다른 과정이 있어야 만들어질 수 있다. 원인과 과정, 결과는 계속 돌고 돌기 때문에 복잡하다고도 할 수 있다. 나는 선생님을 동경해서 열심히 공부를 해 선생님이 되었다. 여기서 원인, 과정, 결과를 나누어 보면 '원인으로는 선생님을 동경, 과정은 열심히 공부, 결과로는 선생님이 되었다.' 가 된다.

내가 말한 모순점을 넣어보면, 이 원인이 결과가 될 수도 있다. 원인을 결과로 두면 '원인, 선생님이 수업하고 있다. 과정, 수업을 보고 있었다. 결과, 선생님이라는 직업을 동경하게 되었다.' 라는 것으로 나타낼 수 있다. 이렇게 원인, 과정, 결과는 계속 돌아 마치 거미줄처럼 연결되어 있기 때문에 매우 복잡하다. 이것이 바로 내가 세상이 복잡하면서 간단하다고 생각한 이유다. 이것 외에 한 가지 이유가 더 있다. 그것은 바로 생각 차이다. 사람들의 생각은 다 다르다. 어떤 사람들은 수학이 재미있다고 하는 사람이 있는 반면에 어떤 사람들은 수학이 힘들다고 하는 것 같이, 사람 사이의 생각이 다르기 때문에 간단하게 생각할 수도 있고 복잡하게 생각할 수도 있다고 생각한다.

솔직히 둘 중에 어느 것이 좋다고, 혹은 나쁘다고 말할 수가 없어서 둘 다 섞였다고 말한다. 단순하게 생각한다면 Yes 아니면 No일 것이다. 하지만 세상에는 갑자기 자살충동이 일어났을 때 자살한다는 답이 나올 수는 있지만, 결국에는 보통의 사람들은 하지 않는다는 생각이 들 것이다. 그냥 그 생각이 들었을 때 Yes를 외치며 단순하게 자살한다면 세상에는 자살하는 사람이 많아질 것이다. 또한, 매번 복잡하게 생각을 할 때 삶이 지금보다 더 힘들어질 수도 있기 때문에 둘 다 적절하게 쓰는 게 좋겠다는 생각이 든다.

앞이 중요한 법

내가 보기에는 원인론이 좀 더 맞는 것 같다. 그 이유가 뭐냐면 내가 원인론에 익숙해진 것일 수도 있지만 목적론으로는 말이 앞뒤가 안 맞는 게 많다. 예를 들어 내가 친구를 놀려서 맞았다. 이걸 원인론으로 하면 내가 친구를 놀렸기 때문에 맞았다가 되고 목적론으로 하면 내가 친구에게 맞기 위해 놀린 게 된다. 뭔가 이상하지 않나? 다른 예를 들어보자 내가 차에 치여 죽었다. 원인론으로 하면 내가 심장마비로 죽었다고 하는데, 목적론으로 해서 내가 죽기 위해 심장마비가 일어났다, 고 말한다면? 말이 이상하다. 나는 익숙한 원인론 쪽이 맞는 것 같다.

하지만 그렇다고 해서 목적론이 틀리다고 하는 것은 아니다. 목적론이 어울리는 경우도 많기 때문이다. 나는 살다 죽었다면 원인론은 살았기 때문에 죽은 것이고 목적론으로 하면 나는 죽기 위해 살았다가 된다. 둘 다 충분히 말이 된다고 생각한다. 나는 높은 데에서 떨어져서 죽었다면 원인론은 나는 높은 곳에서 떨어졌기 때문에 죽었다가 되고 목적론으로 하면 나는 죽기 위해 높은 곳에서 떨어졌다가 된다. 이렇게 목적론이 어울리는 상황도 있다. 하지만 원인론은 어지간한 상황에 다 되기 때문에 나는 원인론이 좀 더 낫다고 생각한다.

나의 영웅 아버지

아버지를 닮고 싶다. 아버지는 돈이 많은 것도 아니고 몸이 좋은 것도 아니다. 언제나 몸이 아파서 휴일마다 침대에 누워서 자기만 한다. 하지만 아버지는 우리를 위해 돈을 아끼고 우리를 위해 힘들어도 웃어주고 내가 힘들면 나를 도와주고 우리를 위해 자기를 약간씩 희생하는 그 모습에 침묵을 할 수밖에 없다. 나도 아버지 같은 희생을 할 줄 아는 사람이 되고 싶다. 그리고 아버지는 나에게 많은 교훈을 주었다. 그러한 교훈들은 나를 움직이게 했고, 아버지는 내가 아플 때 자기의 자유 시간을 포기하면서 나를 간호해주었다. 아버지를 본받아야 한다.

숨은 역할과 쉬운 강점 찾기

역할은 계속 바뀐다는 생각이 든다. 우리 아버지는 나의 아버지이지만 우리 할머니의 아들이며 고모에게는 남동생이다. 일을 할 때는 판매자이지만 물건을 살 때는 소비자가 된다.

역할은 상황에 따라서 바뀐다고 생각한다. 물론 안 바뀌는 경우가 있기도 하다. 강점이라 한다면 남보다 잘하는 것이라고 생각하면 안 되는 것 같고 자기가 할 수 있는 것 중에 가장 잘하는 것을 강점이라 생각한다. 다른 사람보다 잘하는 것을 강점이라 생각하면 강점은 영원히 못 찾게 될 것이다.

나는 게임이 좋다. 그래서 게임을 많이 하는 편이다. 게임을 하면 현실에서 벗어난 느낌이라서 좋다. 그런 느낌을 느끼는 게 안 좋은 것이라는 건 알고 있다. 하지만 이런 현실은 너무 힘들다. 우리에게 그런 현실을 벗어나 좀 즐길 것이 적은 것 같다. 그렇기 때문에 인터넷 중독 같은 것이 많고, 자살률이 높은 것 같다는 생각이 종종 든다. 여러 가지로 재미있는 것이 좀 필요한 것 같다.

빠르게 받아라

지금 필요한 것은 바로 받는 것이 좋다. 지금 필요한데 다음에 준다는 것은 나를 놀리는 것이라 볼 수 있다. 그런 녀석이 있으면 사이를 끊고 멀리 두는 것이 좋을 거 같다. 하지만 지금 꼭 필요한 것이 아니라면 기다렸다 자기가 더욱 많이 이득이 되는 것을 선택하는 것이 더 좋은 선택일 것이다. 내가 급히 필요한 게 있어서 부탁을 하는데 나중에 더 많이 줄 테니 기다리라고 하는 것은 매우 걸림돌이 되는 소리다.

미래와 꿈은 다르다

미래는 내가 가장 많이 생각해 본 주제지만 한 번도 생각을 정리한 적 없는 주제다. 말 그대로 어둡다. 지금의 내가 그대로 큰다면 아마 정말 답이 없을 것이다. 가장 생각해봐야 되는 주제지만 가장 생각하기 싫은 주제이다. 어떻게 생각해도 어둡기 때문이다.

나는 성공한 인생이 아닌 적당히 눈에 안 띄는 인생을 살고 싶다. 보통인 인생, 눈에 띄는 것은 좋은 것이라고 생각이 들지 않는다. 눈에 띄면 귀찮아질 뿐이다. 그렇게 좋은 일이 많은 것을 본 적이 없다.

미래에 적당히 중간 지점에 편하게 살고 싶을 뿐이다. 이렇게 말하면 매우 편한 직업만 찾는다고 뭐라 한 소리를 듣겠지만, 어쩔 수 있나. 자신이 일부러 힘든 일을 지원하는 사람은 별로 없을 것이다. 내가 생각하기는 그렇다. 그렇기를 바란다. 다시는 생각하기 싫은 주제이다. 미래는 정해져 있다는 생각이 든다. 노력하는 것 자체도 운명이다.

말 많은 게임중독자

과거의 나라면 하나 확실한 것이 있다. 지금의 나보다 운동을 잘했을 것이다. 초등학교 때만해도 그때 웬만한 애들이 다닌다는 태권도를 다녔고 품띠까지 딴 걸로 기억하고 있다. 지금과는 달리 운동을 해서 몸이 유연했고 체력이 지금보다는 좋았다. 그리고 옛날에는 많이 움직여서 먹는 양도 지금보다 많았다. 솔직히 현재의 나보다는 좀 더 착했을 거라고 생각이 든다. 옛날에는 아무거나 잘 먹었지만 지금은 빨리 먹는다고 식습관이 많이 나빠졌다. 그래서 지금 몸이 그렇게 좋은 편은 아니다.

나는 나가는 걸 매우 좋아했다. 밖에서 친구들이 놀고 지금도 밖에서 놀기는 하지만 옛날만큼은 아니었다. 그렇게 놀면서 여러 친구들과 놀았다.

초등학교 4학년 때까지 휴대폰이 없었다. 그래서 친구와 놀려면 사전에 약속을 하고 했어야 해서 조금 불편했었던 점이 있었다. 지금 생각해 보면 폰 때문에 친구와 나가서 놀지 않는 것 같다.

컴퓨터 게임에 한창 빠지고 나서, 나가서 노는 것보다 게임 상으로 만나는 것을 더욱 선호하게 되었고, 게임 속에서 만나 던전을 도는 식으로 놀고 학교에서 게임 얘기를 하게 되었다. 그게 지금까지도 이어지는 나의 게임 사랑이다. 그만큼 게임을 어렸을 때부터 많이 했고 지금도 여전히 하고 있다. 남자인 친구를 사귀려면 게임만큼 좋은 게 없다고 생각했던 것이 나의 옛날 생각이다. 그만큼 내가 어렸을 때는 주변에 여러 가지의 게임을 하는 친구가 많았다. 그리고 다른 친구들은 부모님의 계정을 이용해 게임을 해 내가 하지 못하는 게임을 하는 것에 대해 좀 부러워했었고, 당연히 그런 게임을 많이 하지 않아서 FPS 종류의 게임을 잘 못하는 것이 좀 그랬던 적이 있다.

옛날을 생각하면서 느낀 점이지만, 우리 부모님은 다른 부모님들보다 다정하고 나를 많이 아껴주시는 만큼 나에게 관심이 너무 많은 것 같다. 어렸을 때 다른 친구들은 나보다 1년 정도 일찍 폰을 가지게 되었지만 나에게는 사주지 않으셨고, 부모님은 내가 게임하는 것을 매우 싫어하신다. 물론 부모님도 게임을 즐겨 하시지만 나에게만 게임하는 것에 대해 다른 집과 비교되게 간섭이 많았다. 친구들을 보면 게임하는 것을 부모님이 보고도 그냥 두지만 나는 1시간만 해도 끄라고 하는 것에 어렸을 때 매우 상심했었다.

시간은 계속 흘러간다. 나는 과거를 계속 잊고 조금 있으면 일어날 일에 대하여 대비를 해야 한다. 과거는 내가 지금 여기 있게 해준 것이라 할 수 있다. 하지만 그렇게 좋은 것만 있는 것은 아니다. 나도 역시 옛날에 왜 그것을 했을까, 혹은 그것을 하지 않을까라는 후회가 드는 경우가 많다. 자기가 생각하기 싫은 과거도 있을 것이다. 그런 과거의 나를 기억해내면서 자책에 빠질 때도 많다. 나중에 후회할지도 모르는 선택을 위해 넓게 생각할 필요가 있다는 생각이 든다.

오는 게 있어야 받는 게 있다

두 사람 모두 상나라 말엽 고죽국 군주의 아들이다. 첫째 아들의 원래 이름은 묵윤, 자는 공신, 시호는 백이이다. 셋째 아들의 원래 이름은 묵지, 자는 공달, 시호는 숙제이다. 원래 이들의 부친은 숙제에게 왕위를 물려주려 했으나 부친이 죽은 후 숙제가 관례에 따라 백이에게 왕위를 양보하자 백이는 부친의 뜻이라며 사양하고 나라 밖으로 피신해버렸다. 이에 숙제도 형제간의 의리를 지키기 위해 형을 따라 도망쳐버리는 바람에, 그 나라 사람들은 어쩔 수 없이 둘째 아들을 왕으로 세웠다.

이후 백이와 숙제는 서백 희창이 어질다는 소문을 듣고 찾아갔으나, 그의 아들 무왕이 부친의 상중에 상나라 주왕을 정벌하는 것을 보고 부자지간의 예의와 군신지간의 의리를 들어 만류하려다가 목숨을 위협받았다. 그러나 무왕의 군사 여상 강태공의 도움으로 목숨을 구하고, 이후 둘은 수양산에 은거하여 나물을 캐먹고 살다가 죽었다고 한다.

나라를 위해서 목숨을 바친다는 것은 멋진 소리이다. 하지만 나는 우리나라가 우리에게 해준 것이 무엇인지 먼저 생각하게 된다. 군대에서 우리에게 해주는 대우는 무엇인가. 만약 전쟁이 일어나 전쟁에 참여하게 된다면 우리나라를 위해 싸우는 게 아니라 우리 가족을 위해 싸울 것이다.

뒤에 있는 자유

진정한 자유라는 것은 무엇이라고 생각하는가? 과제는 어디에나 있다. 살아가는 자체가 과제라고 볼 수가 있다고 생각한다.

자유는 생각보다 근처에 있지만 우리가 느낄 수 없을 뿐이라 생각이 든다. 생각해 보아라. 얼마나 가까이 자유가 있나. 과제도 없고 묶여 있는 것도 없는 자유가 있을 것이다. 하지만 자유만 가지고 있다고 해서 되는 것은 없다.

그렇기에 과제는 중요한 것이다. 과제는 무엇이든 될 수 있다. 예를 들어 당신이 계속 밖에 있다 집에 들어왔다. 당신은 매우 피곤할 것이다. 그렇다면 당신의 과제는 내일 할 일을 미리 하는 것이나, 아니면 내일에 움직일 수 있게 몸을 챙기는 것이다.

이렇게 과제를 다르게 보면 좋다고 볼 수 있다. 우리가 자유를 느끼거나 노는 것을 과제라고 생각하면 과제가 된다. 과제를 일이라고 생각하지 말고 단순히 우리를 위한 일이라고 생각하는 것이 편하다고 생각한다.

과학기술이 선사하는 새로운 세계

판타지 같은 세계가 현실이 되면 어떨까라는 질문을 하고 있던 옛날의 '나' 에게 이제는 당당하게 말할 수가 있습니다. 과학기술로 마법 같은 것들을 실현할 수 있게 되었습니다.

여러 과학들이 연구를 한 결과 그것이 가능해지게 되었습니다. 이런 마법 같은 놀라운 것들은 일정한 장치에 여러 수식과 장치에 의해 이루어지게 되었습니다. 수식들을 먼저 발견한 것은 마법 구현을 위해 힘을 모았던 한 단체이며, 그곳의 팀장이었던 최준혁 씨는 수식을 이용하여 여러 도구들을 만들어 지금은 보편화 시킬 수 있는가 여부를 남겨두고 있습니다.

흔한 게 좋은 거야

성격유형검사의 결과는 ISTJ와 ISFJ였다. ISTJ는 청렴결백한 논리주의자이고 ISFJ는 용감한 수호자이다. 이 둘은 13%라는 의외로 높은 비율을 차지하는 것이다. ISTJ는 '백해무익한 무리와 있느니 차라리 혼자가 낫다.' 라 말하는 아무 이득 없는 무리와는 안 어울리는 그런 성격인 것 같은데 나와 이 부분은 같다.

ISFJ는 '해야 할 땐 과감히' 라는 말이 나를 두고 하는 말 같다. 하기 싫은 일이 있으면 계속 도망가지만 결국 해야 된다고 생각이 되면 진지하게 그곳에 집중해서 하게 된다. 그 점도 나와 같다.

이렇게 둘 다 나를 포함하고 있다. 어느 한 곳이 내 성격이기도 하지만 아니기도 한 것이다. 이곳에 나온 성격이 나와 다른 것이 있는 것을 보면 이 두 개 말고 다른 곳에도 내 성격인 것이 더 있을 것이다.

그래서 이 결과는 믿을 사람은 믿고 싶지 않을 사람은 믿지 않는 것이 좋을 것이다. 저 결과에 순응해서 그게 자기 성격이라고 믿으면 힘들어질 수도 있다. 그러니 재미로 보고 너무 믿지 말자.

그림자 같은 인생

나는 좀 눈에 안 띄는 정도에 살면 좋겠다. 엑스트라는 좀 그렇고 조연 정도. 주인공은 따로 있고 나는 그런 주인공을 도와주다 사라지는 조용한 조연 같은 인생이 좋은 것 같다. 그런 인생이야말로 후회나 원망 없이 갈 수 있을 것 같다.

평범한 인생이 좋다. 평범하게 아침에 일 나가고 퇴근하고 자고 이런 규칙적인 일상을 반복하면서 살아간다면 재미는 없을지 모르지만 평범하고 쉽게 무너지지 않는 그런 인생이 될 거다. 물론 이건 희망이다. 미래는 어떻게 될지 모른다.

여기서 나는 '운명은 정해져 있을까?' 라고 묻고 싶다. 과연 대부분의 사람은 어떻게 생각할까? 나는 운명은 정해져 있다고 생각한다. 운명이 정해져 있으니 '놀아도 되는 사람은 잘 되겠네.' 라고 질문을 할 것이다. 내가 생각하는 것은 결과만 운명으로 정해진 것이 아니라는 것이다. 과정 자체도 운명으로 정해져 있다. 쉽게 말해 내가 무언가를 이루기 위해 노력하는 것도 운명이란 것이다. 이런 말을 해봤자 우리는 우리의 운명을 알 수가 없기 때문이다.

에필로그

이 글을 쓰고 느낀 점은 자기를 돌아볼 수 있었다는 것밖에 없는 거 같다. 나에게 도움이 된 것이라 한다면 참을성이 늘어났다는 것이다. 여러 상황에서 침착하게 참을 수 있게 되었다. 침착하게 생각할 수 있게 되었다.

그리고 욕이 좀 많이 늘어난 거 같다. 글을 쓰다 막히면 혼자서 욕도 하고 혼자서 얘기도 하고 한다. 장애인이 된 느낌을 글을 쓰면서 매우 잘 느낄 수 있다. 글을 쓰다 보면 때로는 우울증에 걸릴 것 같았다. 매우 힘들게 글을 작성한 거 같다.

솔직히 글을 쓰는데 힘든 점은 언제나 그렇듯이 시간과 게으름이 문제였다. 이 글을 쓰는데 좀 시간이 부족한 것 같은 느낌이 든다. 그리고 다 같이 모여서 글을 쓴 적이 두 번 있었는데 이 글은 자기의 주장을 쓰는 것이라서 서로 이야기하다 보면 생각이 산으로 간다. 생각을 나누면서 쓰면 글이 점점 산으로 가게 돼서 혼자서 머리를 쓰면서 글을 쓰는 게 힘들었다. 내용이 적어서 분량을 늘리기 위해 쓸데없는 글을 많이 넣어놔서 보는데 좀 이상한 게 많다.

인문학아,
우째 사꼬?

지은이 | 경구중학교 미래별과 최혜령
엮은이 | 배현주

발 행 | 2017년 4월 13일

펴낸이 | 신중현
펴낸곳 | 도서출판 학이사
출판등록 | 제25100-2005-28호

대구광역시 달서구 문화회관11안길 22-1(장동)
전화_(053) 554-3431, 3432 팩시밀리_(053) 554-3433
홈페이지_http://www.학이사.kr
이메일_hes3431@naver.com

ISBN_979-11-5854-073-9 03800